Bodo Kirchhoff

Mein letzter Film

Frankfurter Verlagsanstalt

1. Auflage 2002
© Frankfurter Verlagsanstalt GmbH,
Frankfurt am Main 2002
Alle Rechte vorbehalten
Umschlaggestaltung:
Bertsch & Holst, Frankfurt am Main
© der Fotos aus dem Film »Mein letzter Film«:
Bayerischer Rundfunk
Fotograf: Joe Fish
Herstellung: Thomas Pradel, Frankfurt am Main
Satz: Fotosatz Reinhard Amann, Aichstetten
Druck und Bindung: GGP Media, Pößneck
Printed in Germany
ISBN 3-627-00099-4
1 2 3 4 5 – 06 05 04 03 02

für Hannelore Elsner

*Das ist Marie, die jeder kennt, darum trägt sie eine Sonnen-
brille. Sie überquert eine Straße und betritt ein Café. Dort trifft
sie einen jungen Mann, er hat auf sie gewartet. Die beiden
sehen sich zum ersten Mal, der junge Mann will wissen, wie
er zu der Ehre kommt. Er sei ihr empfohlen worden, sagt Marie
und holt Geld aus der Tasche: Das Finanzielle möchte sie
vorher regeln. Der junge Mann ist einverstanden (und das
Publikum mag sich seinen Teil denken). Die beiden verlassen
das Café. Sie gehen ein Stück auf der belebten Straße, man
verliert sie aus den Augen. Und plötzlich sind wir in einer
Wohnung, so ist das im Film; Marie steckt sich gerade ein
Mikro an, neben ihr auf dem Boden liegt ein Stativ. Der junge
Mann ist mit in der Wohnung, aber wir sehen ihn nicht mehr.
Und dann wendet Marie sich der Kamera zu, schaut uns an
und spricht:*

I

Das ist mein letzter Film. Und er ist nicht fürs Publikum. Fünf Leute nur, fünf geht das hier etwas an. Mich vor allem, wie man sieht. Und dich, lieber Richard. Ferner eine alte Freundin. Und noch zwei weitere Personen, beide männlich.

Wie seh ich aus?

Erst neulich schrieb wer: Zeitlos schön, in den Jahren, die verfliegen. Ich wollte es glauben, aber ich habe es nicht geglaubt. Die Jahre *sind* verflogen. Über fünfzig.

Ich packe hier und rede, keiner sollte mehr erwarten. Und nur ein einziger Koffer diesmal, es kommt nicht viel mit. Ein paar Kleider, ein paar Dinge, dieses Foto hier etwa ...
Ich neben Richard, während ich seiner Rede lausche, bevor er mir einen Preis überreicht.

Den Preis der Preise, vergangenes Jahr.

Wo ist meine Brille? Sie ist immer weg.

Da ist sie. Also: In der ersten Reihe erkennt man Paul, der mich schon immer verehrt hat, worüber sich Richard nur amüsierte, während es an Tomas – der auch im Saal sitzt, aber nicht auf dem Bild ist – völlig vorbeiging.

Ich kenne Richard jetzt seit dreißig Jahren. Und bis vor vier Jahren waren wir ein uneinnehmbares Paar, die Festung Richard-und-Marie. Bis ich einige Dinge erfuhr und wollte, daß er hier auszieht.

Tomas war dann für mich, kurzfristig, so was wie eine Insel. Und daß sich Paul und ich über den Weg liefen, war eine Frage der Zeit. Ich beschränke mich auf die Vornamen. Und sage nur, was ich weiß, in der klassischen Filmlänge. Die wunden Punkte, neunzig Minuten.

Ich wollte mit Richard alt werden, ich schwör's. Vorübergehend gab es diesen Plan auch im Hinblick auf Tomas, allerdings eher aus Not. Und einmal habe ich sogar mit dem Gedanken gespielt, an der Seite von Paul alt zu werden, obwohl Paul Familie hat.

Das Problem aller drei ist nur, daß sie überhaupt nicht alt werden wollen.

Ich habe das bei jedem angesprochen, vergebens. Männer stellen sich gern tot, wenn es ernst wird, Frauen werden dadurch erst lebendig. Im allgemeinen.

Also das Foto kommt mit. Und dann diese Schuhe. Die machen mich größer, aber nicht *zu* groß. Sie verraten eher Geschmack als ein Manko.

Und der erste, der diesen Film hier in die Finger bekommt, der dürfte mich verraten.
Richard wird meinen letzten Film weitergeben. Er kann der Versuchung nicht widerstehen, und irgendein Sender wird es bringen. Mir also gleich das Publikum zu denken ist nur logisch. Guten Abend.

Guten Abend ...

Heute ist Dienstag. Und vielleicht kriegen Sie das hier ja auch später an einem Dienstag zu sehen. Denn an Dienstagen kommen ja jetzt neuerdings, nachts, die alten Sachen mit mir. Und da wär's doch lustig, diesen letzten Film hier vorher zu bringen. Oder nachher.

Früher habe ich in Tagen gedacht, dann in Jahren, zuletzt in Staffeln. Ich war noch auf der Schauspielschule, wo man in Momenten denkt, da hat mich Richard in die Schweiz geholt, für einen Berg-und-

Banken-Stoff, Echo, Heidi, Diskretion, damals zählte das noch. Richard ist konservativ, er kann es verbergen – und er ist mein Entdecker, das hat er noch nie verborgen. Und wie Kolumbus war er der irrigen Ansicht, auf etwas ganz Bestimmtes gestoßen zu sein. Nur: Wer ein Weibchen sucht, muß in den Zoo gehen.

Diese äußerst genaue und äußerst teure Schweizer Uhr ist ein Geschenk von Richard, wir waren frisch verheiratet, ich sechsundzwanzig, er dreiunddreißig, und das sind wahre Zahlen.
Wir waren glücklich. Muß man sagen.
Richard hat mir ja dauernd etwas geschenkt. Und eher selten etwas gegeben. Die Uhr bleibt hier. Ich brauche Glück, keine Uhr.

Wenn ich von Glück rede, meine ich ein Gefühl, das ohne Vorbedingungen zustande kommt. Also: Ich rauche viel, ich bin nicht sportlich, ich lese gern, und auf einmal finde ich mich in den Armen eines sportlichen Nichtrauchers, der sich fragt, ob Lorca bei Real oder Atletico spielt. So geschehen mit Tomas.

Dieses Kleid hatte ich mal in einem Film an – ich sage jetzt nicht, in welchem, dann kann man raten, während ich es zusammenlege – und einen Sprung mache, von dem schönen Kleid zu meinem guten Paul ...

Paul hatte mich eines Nachts angerufen und gebeten, in diesem Kleid mit ihm essen zu gehen. Er wußte, daß ich es besitze, und seine Bitte war im Grunde ein Kompliment, denn ich habe in diesem Film gesagt: Solange ich dieses Kleid trage, bin ich jung. Und so ging ich, obwohl ich schon lang nicht mehr jung bin, mit Paul in ein bekanntes Lokal, seine Frau war dabei, ein unverfänglicher Anfang. Und natürlich hoffte Paul auf mehr, wie die meisten verheirateten Männer auf mehr hoffen – und wenn sie nur vor dem Fernseher oder im Theater sitzen und hoffen, daß eine zweite Person auftaucht. In diesem Film taucht niemand mehr auf.

Das Kleid kommt mit. Und dann wäre da noch diese alte Plastiktrompete, an der ich hänge. Samstagnachmittag Gegentribüne, Tomas am Spielfeldrand, der Derwisch im Anzug und ich mit dieser Trompete.

Nur um nicht an Richard zu denken, blies ich mir die Seele aus dem Leib.

Richard nennt mich ja immer noch *Kind.* Als er mir den Preis übergab, sagte er, nach den offiziellen Worten, leise: Mehr kannst du nicht erreichen, Kind.

War das ein Lob oder ein Todesurteil? Ich wußte an dem Abend, daß unsere Ehe gescheitert war, und der ganze Saal spürte etwas davon, sogar die Menschen vor dem Bildschirm, das haben mir dann später einige geschrieben. Nur Richard hat nichts gespürt, aber das ist seine Stärke: allein dem eigenen Gefühl folgen. Die einen werden damit berühmt, die anderen werden darüber verrückt.

Der Entschluß zu diesem letzten Film – ohne Stimme im Hintergrund, Richard – ist auch der Entschluß, nicht verrückt zu werden. Ich vermisse deine Stimme. Wenn ich ganz ehrlich bin.

Danke! Und alles auf Anfang. Du warst zu streng, Marie, du liebst diesen Mann, also zeige es. Eine schöne Frau, die liebt, das wollen die Leute sehen!
Die Trompete kommt auch mit.

Immer wieder hat mich Richard ja mit dem Blinker der Schönheit gelockt, und immer wieder habe ich geschnappt danach. Das Kompliment *Schön* sitzt mir im Fleisch wie ein Haken – jeder kann dran ziehen, und wehe, ich schreie.

Schönheit ist das älteste aller Mißverständnisse, das fing bei mir schon in der Schule an. Alle beneideten mich, selbst die Lehrerinnen, ich aber hab ein Mädchen beneidet, das sonst keiner beneidet hat. Sie sah aus wie ihre alten Hosen, und ich wollte sie als beste Freundin, sie aber wollte mich nicht als beste Freundin, und andere Freundschaften gibt es unter Mädchen nicht. Ich habe immer um ihre Gunst gekämpft, sie immer um die berüchtigte Selbstachtung.

Hier, das einzige Foto von ihr, das hab ich heimlich aufgenommen. Da ist sie sechzehn, schaut in eine Zeitung und raucht. Ihr Name: Elisabeth. Ich habe sie Bess getauft. Liebende schlafen zusammen, Freundinnen geben sich Namen. Ich habe damals einfach so getan, als wäre sie meine beste Freundin. Ich habe sie gewählt, wie Richard mich gewählt hat.

Richard hat mir ja einen Typ wie Elisabeth gern zur Seite gestellt, damit ich ihn überstrahlen konnte, aber auch, damit etwas von diesem Eigensinn auf mich übersprang. Er hält mich nur für gescheit. Unsere stille Verabredung heißt: Ich bin schön, mit Köpfchen, während er der Kopf ist, nicht wahr.
Und dieser ganze Kopf nützt ihm nichts, falls er vorhat, meinen letzten Film hier zu ändern. Denn er wird eine Länge von genau neunzig Minuten haben. Man kann also nichts wegnehmen oder hinzufügen.

Dieser Film ist dir gewidmet, Lieber. Weil kein anderer dafür in Frage kommt, so wie ich ein Kind von dir wollte, weil ich mir sagte: Von wem sonst. Und es ist der einzige Weg, den Film nicht mir selbst zu widmen, was zwar naheliegend wäre, sich aber nicht schickt.

Nach dem Auszug aus dieser Wohnung blieb Richard mein Regisseur, weil das Ende einer Ehe nicht das Ende einer Serie ist. Er nennt es das Arbeitsverhältnis, ich sage Schwäche. Männer können grandios übersehen, wie sehr sie sich verbiegen, auch darin liegt ihre Kraft.

Was jetzt ...

In dieser Schublade sind meine Titelfotos aus dreißig Jahren, ein Exemplar jeder Ausgabe, aber der Schlüssel ist weg. Irgendwo muß er sein. Lassen wir ihn.

Erfolg mit Schönheit ist die schleichendste aller tödlichen Krankheiten, wahrscheinlich. Dein Gesicht sagt plötzlich allen etwas, und du selber schweigst. Die Angst ist die Schwester der Schönheit, würde ich sagen.

Letztes Jahr hatte ich diese schwere Grippe. Ich kam wieder auf die Beine, aber irgend etwas schien sich geändert zu haben. Einer bestimmten Art von Blicken – Blicken, die mich auf der Straße trafen – fehlte zum ersten Mal das Dringliche. Ich meine diese Blicke auf meinen Mund, die zugleich Blicke ins nächste Bett waren. Um dort diesen Mund oder mich zu besitzen.

Frage: Wann ist eine schöne Frau tot? Wenn ihr Herz noch schlägt, aber sie nicht mehr von jedem gewollt wird? Oder wenn sie sich nie mehr im Spiegel sehen kann, weil sie im Grab liegt? Oder womöglich lange vorher: Wenn sie sich selbst nicht mehr sehen kann.

Was Frauen wirklich sind, sind sie meistens zu sehr.

Richards Angst vor dem Tod ist ja so groß, daß er mir morgens aus dem Weg ging, bis ich zurechtgemacht war. Ich sollte immer wie am Vorabend aussehen, und ich sah immer wie am Vorabend aus. Bis Morgen und Vorabend irgendwann ein und dasselbe waren. Nämlich ich.

II

Der Blick aus einem Schlafzimmer ist genauso wichtig wie ein gutes Bett. Ich werde die Straße da unten vermissen. Immer Menschen, auch nachts; nicht die allerbesten, aber gute. Ich darf mich dazuzählen.

Ein Bett kann man kaufen. Mit Blicken wird es schon schwieriger. Und Menschen sind Glückssache – meine Rollen waren zahlreicher als meine Freunde.

Was habe ich nicht alles gespielt! Klassische Mütter, bessere Hälften, Mörderinnen, Geliebte, moderne Frauen, die Doppelbelastung, ich trug sie mühelos. Genauso mühelos war ich die Blinde Spur des Kommissars, die Muse des Dichters, der Chef im Rock. Ich war alles im Film, von der Toten im Wasser bis zur Schönheit im Rollstuhl, von der Architektin mit zwei Kindern bis zur Tochter mit zwei Müttern. Verrissen wurde ich für den Part einer Studentin, ausgezeichnet für den einer Verrückten. Populär und reich gemacht hat mich Die Pastorin. Seit Jahren bin ich die Frau, die

das Leben anpackt, mit und ohne Talar. Woche für Woche, zwanzig Uhr fünfzehn, pack ich es an, mit einer Krise gegen einundzwanzig Uhr, die kurz nach halb zehn umschlägt in einen Triumph. Meine Lieblingssätze: Vielleicht erzählen Sie jetzt erst mal der Reihe nach – und: Frühstück, Kinder!
Und die von mir am meisten verabscheuten Sätze auch gleich: Vielleicht erzählen Sie jetzt erst mal der Reihe nach. Frühstück, Kinder!

In manchen Jahren hat Richard drei Filme gedreht, in jedem war ich dabei. In einem sollte ich tapfer sein, im anderen ernst oder komisch. Und in allen erotisch.
Und so heißt es, seit ich Richard kenne: Sie ist eine erotische Frau.

Ich war in dem Sinne Tochter und Mutter, habe auf die Art Verbrechen aufgeklärt, Kinder erzogen und Seelen gerettet – das alles aber offenbar nicht erotisch genug, um damit ein Jugendverbot zu erwirken. Nur: Worum handelt es sich dann? Um etwas, das sich für Frauen gehört, oder eher das Gegenteil.

Es gibt bessere Schauspielerinnen als mich, Punkt. Es gibt auch bessere Regisseure als Richard. Aber ein einziges Mal haben wir, gemeinsam, etwas erreicht, das unser Bestmöglichstes war. Und niemand auf der Welt hätte es besser machen können, niemand.

In diesem Karton hier sind die wichtigsten Briefe, das heißt, seit langem schon die wichtigsten Faxe, da ist zum Beispiel eins von Richard, vom letzten Jahr: Auch wenn wir jetzt nicht mehr das Bett teilen, Schönste, würdest du für mich diese nymphomanische Lehrerin spielen? Ich lieb dich. R.

Jedes von Richards Faxen ist so unterschrieben, Ich lieb Dich. R. Früher die Briefe genauso, Ich lieb Dich, R. Aber alles, was zählt, ist das kleine e am Schluß. Unterschreibst du bei deinen Geliebten auch so, Richard? Die wissen vielleicht nicht so genau, was da fehlt, aber sie spüren es, sag ich dir. Bei Männern ist es umgekehrt: Die spüren gar nichts, aber glauben, alles zu wissen.

Lieb-e heißt es.

San Vigilio, Richard, weißt du noch? Manchmal kann Liebe so groß sein, daß es kein Vor und kein Zurück gibt, wie in einer Lawine. Nichts geht mehr, nur noch das Herz schlägt, und du glaubst zu ersticken.

Aber ich bin nicht erstickt. Es gab genug Luft in deinem Namen.

Richard hat mir gutgetan, auch beruflich, ich gebe es zu. Er versteht sein Handwerk, als Liebhaber und Regisseur. Und das Solide kann sehr anziehend sein.

Es kommt nichts mit von den Briefen und Faxen, dafür diese Hose ... Die hatte ich am Tag nach Richards Auszug an, also vor einem Jahr, zehn Monaten und drei Tagen. Und was bin ich in dieser Hose hier herumgelaufen ...

Wie mein lieber Tomas am Spielfeldrand, obwohl er um einiges jünger ist, aber doch auf die Fünfzig zugeht – oder hätte ich das jetzt nicht sagen sollen? Aber als unsere Sache herauskam, schrieben doch alle nur: Sie hat einen Jüngeren. Nirgendwo hieß es: Er hat eine Ältere. Jetzt haben wir's klargestellt.

Jetzt ist, wenn es weh tut, sagte Richard einmal zu mir. Wir waren fast allein am Set, vor einer Szene, in der mein Filmpartner eine Affäre gestehen sollte. Ich sollte nur zuhören, unfähig, in die Zukunft zu denken, und Richard kam mit diesem Satz: Jetzt ist, wenn es weh tut.

Ja, er versteht sein Handwerk. Und im Laufe derselben Dreharbeiten – wir wohnten noch zusammen, wir teilten jedes Hotelbett – erklärte er meinem Partner und mir, das Begehren sei für ein Paar immer die letzte Chance.

Seltsam nur, daß er diese letzte Chance dann nach allen Seiten ergriffen hat.

Gut, die Hose kommt mit. Vielleicht laß ich die Beine abschneiden, dann wär's eine Shorts.

Im Grunde war Richard ein Frauenschleifer. Ich hab ihn erzogen. Jetzt ist er ein sensibler Frauenschleifer.

War das nicht auch diese Hose aus dem Ehefilm mit der Affäre? Ja, ja, ja. Ich hörte mir diese Scheiße an – Du, Liebling, das war nichts Ernstes ... Und versuchte die ganze Zeit, am Schritt einen Rotweinfleck wegzukriegen, mit Spucke, Richards Idee – da, man sieht's noch. Soviel kann man gar nicht abschneiden von den Beinen.

Irgendwann kam der jetzt, dieser Film, im Sommerprogramm. Die bringen ja im Fernsehen auch schon die uralten Sachen mit mir. Und so hab ich mich doch neulich in dieser Rolle als Studentin wiedergesehen, ein Film aus der Zeit der Straßenkämpfe.

Gott, war ich niedlich.

Meine Freundin Bess hat mich verachtet, als der Film damals kam. Sie hat mir aus Amsterdam geschrieben, das war ihre Zwischenstation, bevor sie in den Nahen Osten verschwand. Eine Karte, die muß hier in dem Stapel sein.

Da ist sie, vorn mit einem Grachtenfoto, wie ein harmloser Gruß, und auf der Rückseite dann ... Nein, ich kann das nicht vorlesen. Ich kann nur sagen, ich hab's aufgehoben. Und antworte jetzt darauf, mit dreißig Jahren Verspätung: Das ist ungerecht, Bess! Und von dir auch selbstgerecht, nach allem, was du mir zugemutet hattest.

Diese Karte kommt in den Koffer. Die einzige meiner Kritiken, die mitkommt.

Prinzessin Schweinepüppchen spielt Anarchistengeliebte, die sich opfert – ich spucke auf dich! Elisabeth.

Nun wissen Sie's.

Wie spät ist es? Was sagt die Uhr in der Kamera ... Daß ich noch Zeit habe. Aber ich muß sie mir einteilen, die Zeit. Klug. Oder raffiniert ...

Richards Lieblingswort ist ja Timing. Pauls Lieblingswort: Innovation. Und Tomas kann nicht oft genug von Taktik sprechen. Männer wählen gern leere Lieblingswörter, Frauen verräterische: kreativ, intuitiv, zärtlich. Oder sie versuchen, das Wort Ich zu vermeiden, indem sie dauernd Du flüstern, Du ... Oh, du ...

Aber der einzige Weg, das Wort Ich zu vermeiden, wäre gar nichts zu sagen. Nur: Wie lange hält man das vor einer Kamera aus?

Tja ...

Schuhe, Hose, eine Jacke, falls es regnet – was fehlt jetzt noch? Ach, gestern hab ich dieses zu winzigen Würsten gedrehte Taschentuch zwischen meinem Schmuck gefunden. Es ist fast vierunddreißig Jahre alt, aber ein Polizeilabor würde noch Spuren von Tränen darin finden. Und damit einen eindeutigen Hinweis auf meine Person. Die Person, die eine ganze Nacht lang geweint hat, während sich eine Trennung vollzog, eine der zwei schmerzlichsten in meinem Leben, und nur noch dies eine Taschentuch in der Packung war und bis zum Morgen reichen mußte. Ein Schmerz, den ich meiner lieben Freundin Bess verdanke.

Und wenn ich es jetzt so in den Koffer lege, dieses gewesene Tränentuch, ist da nur noch die Erinnerung an den Schmerz, und ich müßte ihn spielen, um mich verständlich zu machen, was ich nicht tue, aber tun könnte. Ich kann alles spielen, kein Problem. Ich weine und glaube es selbst und weine noch mehr. Nur: Je besser das im Film klappt, desto schwieriger der Ernstfall.

Zum Weinen gehört immer eine Sonnenbrille. Die am Schluß den Vorhang bildet. Das ist zur Zeit mein Favorit unter allen Modellen, ich besitze mehr als zwanzig. Die Sonnenbrille ist für eine Schauspielerin unerläßlich, wie das feste Haar, in das sie jede Brille hineinschieben kann. Die hier hat mir dir zu tun, Tomas, oder mit dir und mir. Wir haben sie in Barcelona

25

gekauft, auf der entsetzlich beliebten Rambla, vor einem Hinspiel, UEFA-Cup. Meine *Barça*-Brille. Damals wußte noch niemand von uns beiden; ich saß auf der Haupttribüne.

Null zu zwei, kann das sein?

Wo war ich ... Bei meiner Arbeit.

Natürlich hab ich auch versucht, mich selbst zu spielen, und ich bin gescheitert. Die Rolle war zu schwer. Das hier ist der letzte Versuch.

Ich kann übrigens verstehen, daß man auf gewisse Rollen oder die Art, sie zu gestalten, spuckt, oder auch gleich auf ihre Darstellerin. Bitte: Ich war das Schweinepüppchen. Aber du warst die Mistgabel, Bess.

Keine Revolution der Welt kommt gegen die Ungerechtigkeit der Natur an – ich hatte diesen Liebreiz, du hattest ihn nicht. Ein dummer Zufall, aber folgenschwer: die geglückte Verteilung von Knorpeln, Fettgewebe und Pigmenten.

Ich war jung und hübsch, und meine Freundin hat geglaubt, der Held ihrer frühen Jahre würde nicht darauf hereinfallen, nur weil er ein paar Kaufhäuser angezündet hatte. Wie lächerlich, Bess, tut mir leid.

Dein Held war ganz verrückt nach mir, trotz aller Brandsätze, die durch seine Hand gingen. Sonst wär ich kaum zu dem bereit gewesen, worum du mich gebeten hattest.

Unser Kristian. Der immer alle Vorhänge zugezogen hat. Alles am liebsten im Dunkeln.

Brauchen wir mehr Licht? Soll niemand sagen, mein letzter Film wäre zu düster.

Vielleicht die Lampe hier noch ... Die hab ich seit damals, seit ich euch geholfen hab. Ich war ganz neu in Berlin, noch vor der Schauspielschule, ich war jung und allein und hatte nachts diese Lampe an, wenn es kalt war, als könnte das helfen, das Licht, wenn ich abends am Fenster stand, Blick auf ein leeres Grundstück. Damals hatte Berlin etwas von mir, heute hat es etwas von allem.

Ach: Falls es mal kühl wird, abends, ein Pullover, aber welcher ... Der hier muß mit. Mein *Lazio*-Pullover. Gar nicht lang her, Tomas. Rom, ein naßkalter Tag, ich hatte ihn in der Via Condotti gekauft und hab nachts gewartet auf dich im Hotel, von diesem Pullover gewärmt. Gleich nach dem Spiel wolltest du kommen, aber du kamst weder gleich noch allein.

Tomas kam Stunden später, in Begleitung seines Liberos und der kompletten Abwehr, und ich sage zu ihm: Was soll das? Unsere Geschichte geht keinen etwas an. Und seine Antwort: Das sind meine Jungs, Marie, wir feiern. Und dann knallen die Proseccokorken, und er erzählt seinen Jungs, was für eine tolle, berühmte und schöne Frau ich sei, und das heißt, er erzählt ihnen, was er doch eigentlich für ein Kerl sei, wenn eine so tolle, berühmte und schöne Frau, extra eingeflogen, nachts in einem römischen Hotel stundenlang auf ihn wartet, nur um sich vögeln zu lassen.

Entschuldige, Tomas. So hast du es nicht gesagt, aber deine Jungs haben genau das gedacht, vielleicht nicht der Libero, der hat immerhin die Mütze abgenommen. Aber die ganze Viererkette.

Kein schönes Wort, vögeln, Richard, oder? Leg einfach ein Geräusch darüber, laß das Telefon läuten oder ein Flugzeug übers Haus fliegen. Dir fällt schon was ein.

Als ich diese niedliche Studentin gespielt habe, da verlangte Richard einmal von mir, daß ich das allereinschlägigste aller einschlägigen Wörter in einer Szene immer wieder geradezu herausschreien sollte, und ich schrie es geradezu heraus, immer wieder, für eine junge Schauspielerin ein Klacks, möchte man meinen, nur daß dabei ein Damm brach zwischen Richard und mir, jedenfalls ging das Wort dann in unseren all-

gemeinen Sprachgebrauch über, so lange, bis es keine
Bedeutung mehr hatte.

Und heute wünsche ich mir nur, lange Zeit nichts mehr
davon zu hören, um eines Tages vielleicht – wenn ich
es, sagen wir in der Enge eines Vorstadtbusses aus einem fremden Mund am Ohr einer anderen höre, zuge-
flüstert beim Aussteigen – noch einmal davon über-
wältigt zu sein.

Ich darf gar nicht dran denken. Aber ich tu's.

San Vigilio, Gardasee, das erwähnte ich schon ... Wir
hatten dort ein kleines Lieblingshotel, an der Spitze
dieser Halbinsel, Richard und ich. Der Ort, an dem
die Welt ihr Recht auf uns verlor. Es gab dort kein Jen-
seits von Richard und mir, er war mein Mann, ich war
seine Frau, so wie es sein sollte. Wir waren ein Paar,
und einmal, ganz früh – ich war allein auf dem Balkon, vor mir nur Himmel und Wasser –, habe ich ge-
betet, Lieber Gott, laß mich so einen Ort mit ihm nie
verlieren.

Doch zu der Zeit kannte Richard schon eine Nummer,
im Schlaf sozusagen, und wählte sie, während ich auf
dem Balkon saß, in eine Decke gehüllt. Er wählte die
Nummer, weil auf der Gegenseite die Leute gerade
noch wach waren, null null eins, zwo eins drei, die Vor-
wahl von Amerika, Los Angeles.

In diese Decke hier, leicht, aber warm, ich sollte sie mitnehmen. In unseren letzten Jahren hatte ich manchmal an Richards Seite gefroren, unter der gemeinsa-
men Decke, und eines Tages kam er mit der hier: Nun
ist Schluß mit dem Frieren. Als seien zu dünne Dau-
nen unser ganzes Problem gewesen. Und als später
das Geschrei dazukam, beispielsweise wegen einer mir
gleichgültigen, nicht in den Kühlschrank gestellten,
ihn aber mit einem erbärmlichen Anblick verletzen-
den Butter, zog ich mir diese Zusatzdecke einfach
über den Kopf.

So etwa…

Einmal saß ich eine ganze Nacht unter ihr, nackt, und
Richard schrie in Abständen: Komm da hervor, du erstickst! Nur zog er sie mir auch nicht weg, die Decke,
er schrie bloß herum. He, du erstickst!

Er hatte es mit diesem Wort. Ich staune ja immer,
wie sehr Männer auf Worte schwören, während für
Frauen Taten zählen. Und alle Welt denkt, es sei an-
dersherum.

Du erstickst noch, Marie!

Nein, es geht mir gut, keiner sieht mich.

Richard ... Hast du mich in dieser Runde gesehen, vorletzten Freitag, abends? Ich habe dem Herrn Geschwätzmeister, mit dem mich nichts verbindet, außer daß er mich in seine Sendung geholt hat, schöne Augen gemacht, ein Flirten, als sei ich zwanzig, aber er hat es gar nicht bemerkt oder wollte es gar nicht bemerken: daß ich ihn im Grunde verführen wollte, mit Mitteln, die ich gar nicht mehr habe!

Von einem gewissen Alter an ist jede bekannte Frau nackt, egal, was sie anzieht, und das Gesicht ist doppelt nackt. Wenn sie es anmalt, dreifach.

Hörst du mir zu?! Das alles hier, alles, was ich hier sage, das ist eine Tat. Aber woher stammt die dazu nötige Kraft? Sie stammt nicht von dir! Die ist in mir herangewachsen, diese Kraft, seit einem Jahr, seit dem Höhepunkt meines Lebens, Richard – sieh mich an!

Ich komme jetzt unter der Decke hervor, wie ich es immer getan habe, damit es wieder gut wurde zwischen uns, und es wurde wieder gut, wir liebten uns in siamesischer Verzweiflung. Sieh mich an!

Du darfst meinen letzten Film nicht herausgeben.

III

Also die Decke kommt mit. Und diese Blumen hier, die schönen... Die habe ich mir selbst geschenkt, heute erst. Obwohl mir klar war, daß ich gehe.

Seit mehr als einem Jahr versorg ich mich jetzt schon mit Blumen. Und die im Laden glauben, ich verschenke sie. Tu ich aber selten.

Männer mögen es ja nicht so, wenn sie Blumen bekommen. Die müssen sie dann irgendwie am Leben erhalten. Die Stengel beschneiden. Das Wasser erneuern. Überhaupt eine Vase finden. Und sie da irgendwie hineintun. Und verteilen. So, daß sie nicht gleich wieder rausfallen. Das kostet alles sehr viel Zeit.
Ich verbringe manchmal eine Stunde mit den Blumen; im Nebenzimmer Musik, nicht zu laut.

Die simplen Wünsche nach simplen Noten.

Also die Decke und die Blumen ... Und dieses Kleid hier, das sollte vielleicht auch mit?

Es paßt nicht mehr zu mir ... Oder steht mir nicht, ich wüßte es gern ... Aber was dir wirklich steht, weißt du erst, wenn alles, was dir angeblich steht, beim Roten Kreuz gelandet ist.

Meine Garderobe war ja ständig das Ziel von Kritik, um mich – die ich nur darin spielte – zu treffen. Nur war das gar keine Kritik, das war der Neid mürrischer Weiber, erregt durch meine Beine, meinen Mund: wie die Männer, bloß in umgekehrter Weise. Sie konnten mich nicht küssen, also machten sie mich fertig.

Jahrelang war ich das Opfer der Mürrischen. Auf mein Gesicht angesprochen, wurde ich rot. Aber hätte ich mich deshalb in die nächste Glastür werfen sollen?

Und für Amerika war ich nicht blond genug!

Jetzt ist der Koffer voll ... Ich reise unter meinem Namen, ich flüchte ja nicht.

Dieser Gürtel muß noch hinein, er hat mir zweimal gedient. Ich erdrosselte damit einen betäubten Gatten, der versucht hatte, mich als Geliebte abzuservieren, indem er einen Gigolo auf mich ansetzte. *Eigene Gesetze* hieß der Film, nämlich meine. Richard hat das Buch geschrieben und Regie geführt. Er hat immer alles gemacht. Und irgendwann dachte ich: Das kann nicht alles sein.

Nach seinem Auszug aus unserer Wohnung war also zu prüfen, ob es vielleicht doch etwas anderes gibt als Richard oder Richard und mich. Und, falls ja, war dieses Neuland dann auch zu erkunden.

Aber eine nicht mehr junge, sogenannte alleinstehende Frau gerät auf solchem Terrain fast automatisch an verheiratete Männer und wird von ihnen für jeden Mist hofiert, wenn der Mist sie nur von der Ehe ablenkt – wir lernen sie blitzartig schätzen, diese krummen Kavaliere, und schon ist es zu spät. Als mir Paul zum ersten Mal mit seiner Familie kam – Sieh mal, Marie, da gibt es zwei Kinder –, liebte ich längst die Geheimtermine, die er aus seinem engen Kalender schnitt. Leute wie Paul können nicht *mit* der Ehe, aber sie können auch nicht ohne die Ehe, sie können nur stundenlang zart sein. Ihre Zärtlichkeit ist von vorn bis hinten falsch, aber sehr zart.

Wann haben Sie sich zuletzt gestreichelt? Es gibt Paare, die sich seit Jahren nicht mehr gestreichelt haben, ich rede nicht von schmusen. Ich habe auch größte Vorbehalte gegen das Wort schmusen und gegen diese

Handlungsweise sowieso. Die ist nur Drückebergerei, weil man sich nicht aufs Liebkosen versteht. Liebkosen setzt Präzision voraus. Es ist ein Zeichnen, während das andere Klecksen und Schmieren ist.

In meinem Beruf wird ja überwiegend gekleckst und geschmiert. Kaum ein Schauspieler, der sich nicht für den Schmuseweltmeister hält.

Meine Streichelhand. Keiner soll mir sagen, er kann mit beiden Händen streicheln. Man kann es immer nur mit einer wirklich. Paul hat geweint, wenn diese Hand auf ihm hin und her strich. Ich darf das erwähnen, Paul, es kann dir nicht schaden, du wirst ein paar männliche Wähler verlieren, aber sehr viele weibliche dazugewinnen. Richard schloß die Augen, wenn ich ihn streichelte, er träumte von Hollywood. Tomas wurde endlich still.

Manchmal vermiß ich dein Weinen, Paul. Obwohl dabei nie etwas herauskam, außer den Tränen. Schon gar nicht das Elend mit deiner Frau – was wart ihr für ein Paar, wenn du auf mir geweint hast! Paul und Franziska Gnadenlos... Ich glaub, ich hab das schon gesagt: Paare sind Festungen – weh dem, der sie abklopfen will. Sie halten zusammen gegen alle Geliebten, so wie sie vereint das Finanzamt betrügen.

Ich hasse Paare.

Ich habe auch viel Mist gemacht, zugegeben, vieles war Mist. Ich könnte es auch Scheiße nennen. Gut, ich nenne es Scheiße. Jemand hat mal geschrieben, ich würde im Fernsehen nur den Umriß der Dinge spielen, nie die Dinge selbst. Er hatte recht.

Hören Sie das?
Telefon. In der Küche, ich hab's da liegenlassen. Zweimal, dreimal, viermal ... Ende.
Es haben nur ganz wenige diese Nummer.
Paul war's nicht, er ruft nicht mehr an. Richard vielleicht, er jammert gern um die Zeit. Und Tomas hätte kaum so schnell aufgegeben – vorigen Monat, gegen Leeds, Leeds United, hat er noch in der neunzigsten ausgewechselt.
Man sieht, ich bin auf dem laufenden. Frauen verlieren auch die kurzen Lieben nie ganz aus den Augen, sie bleiben als Phantome in ihrer Welt, während Männer von vornherein Phantome begehren. Und den Menschen erst sehen, wenn es zu spät ist, nicht wahr, Richard? Unsere Kleine wäre jetzt schon frühreif.

Ich könnte natürlich nachsehen, wer mich da angerufen hat ... Sie kennen die Sache mit Frau Lot, die zur Salzsäule wurde, weil sie zu neugierig war? Heute ging es für Frau Lot nur darum, nicht auf ihr Display zu schauen.

Vorsicht, Vorsicht . . .

In dieser Lade liegt meine Verehrerpost: eine kleine
Auswahl. Der erste Brief von einem Mitschüler, ich
spielte das Dornröschen, er war der Prinz: und verlor
die Nerven an meiner Seite. Und hier der letzte, von
einer alten Frau, die mich nach einer Autogramm-
stunde in einem Kaufhaus angesprochen hatte.
Erst schreiben dir junge Männer, dann ältere. Nach
den älteren Männern junge Frauen aus der Stadt. Und
am Ende sind es die älteren Frauen vom Land, die dir
sagen: Du bist nicht mehr die, die du warst.

Sie litt unter Gedächtnisschwund, diese alte Frau, das
steht in dem Brief, und sie nahm meine Hand, mit der
ich das Autogramm geschrieben hatte, und sagte: Gebt
mir etwas, an das ich mich halten kann, so schreck-
lich, daß es bleibt! Und danach kein Wort mehr. Sie
schwieg und zitterte und sah mich an vor all den Leuten im Kaufhaus. Das waren die Dinge, nicht ihr Umriß.

Ich weiß, wer Sie sind, aber nicht, wer ich bin, steht
auch in dem Brief. Es gibt nur Sie und die Nacht. Und
das alles mit dieser Kinderschrift.

Früher habe ich Nachtdrehs gemocht, in den letzten
Jahren waren sie mir ein Greuel. Richard ging darin

auf. Er trieb es dann, gewissermaßen, mit dem ganzen Team, während ich im Wohnmobil Tee trank.

Ingwer-Tee mit Honig.

Natürlich hat mich Richard betrogen. Es begann mit den Assistentinnen, die ja bei Nachtdrehs rumlaufen, als seien sie im Krieg. Springerstiefel, Marschgepäck, Sprechfunk.

Es hat mir nichts ausgemacht, älter zu werden. Wie es mir auch nichts ausgemacht hat, daß Richard müder wurde, ich hab ihn einfach weiter geliebt. Und ließ ihm seine Nachtdrehs.

Und womit er sonst noch vorlieb nahm.

Es blieben ja die Tage, der Sommer, der Süden. Wir schreckten vor nichts zurück, wenn's um Italien ging. Richard mußte schon morgens Ciabattabrot mit mir teilen, ich streute ihm Salz drauf, er hat es mir zuliebe gegessen. Dafür durfte er abends meine Weinkenntnisse vertiefen. Und wie.

Da steht noch eine Flasche aus der Zeit, Pergole Torte. So gut wie nirgends zu kriegen – hat Richard immer erklärt. Der Wein der Weine, wenn man's mit Italien hat.

Und hier der Korkenzieher von Alessi, auch ein Geschenk von ihm. Sieht gut aus und funktioniert, das hat man selten. Und da die schöne alte Flasche – die eigentlich liegen sollte, Richard, stimmt's?

Viel zu lang steht sie schon da, und ich öffne sie jetzt, wie in dem Film mit dem Mann, der mich abservieren wollte, da hab ich auch eine Flasche geöffnet und schnell was hineingetan, Probier du erst, Liebling...

Und er hat natürlich probiert.

So, Richard, dein Pergole Torte ist auf! Und ich lasse ihn weder geöffnet stehen, damit er atmen kann, noch nehme ich ein passendes Glas. Nein, ich nehme jetzt einfach sofort einen Schluck aus der Flasche. Und sage nicht Salute, sondern Prost.

Naja... Wie eben funkelnder Rotwein so schmeckt. Feurig, nicht wahr.

Was ist Kitsch? Wenn ich hier die Trinkerin und Frau auf der Kippe spiele, oder wenn ich die Frau auf der Kippe bin? Natürlich wenn ich es bin! Weil man annehmen wird, *daß* ich es spiele. Aber ich bin nun mal kitschig, wenn ich es bin und *nicht* spiele. Prost.

Verzeihung, daß ich aus der Flasche trinke, ich weiß, wie sehr man sich durch fehlende Manieren gestört fühlen kann. Außerdem verkleinern sich meine Augen auf diese Weise, wie auch bei jedem Zigarettenzug. Richard hat mir das irgendwann beigebracht, dieses Verkleinern der Augen, weil dann ein Funkeln aus den Pupillen kommt, wie aus dem Wein, ein Funkeln, gegen das man sich kaum zur Wehr setzen kann. Bill Clinton wurde auf die Weise wiedergewählt, und Paul hat versucht, es mir abzuschauen, aber bei ihm sah's aus, als hätte er Zug bekommen oder ein Gerstenkorn.

Vorigen Monat drehten wir die letzte Pastorinnen-Folge, die hundertvierte, in der ich schließlich erschossen werden sollte, dabei ein anderes Leben rettend, damit alles ein tragisch menschliches Ende hätte, Richard fiel nichts Besseres ein. Das heißt, man wollte das alles so drehen, mußte aber irgendwann abbrechen. Ich nämlich wollte nicht erschossen werden und wurde einfach krank, eine Rückengeschichte, so was zieht immer. Ich hatte genug Seelen gerettet, jetzt war meine an der Reihe. Skol.

Der Wein ist nicht schlecht. Nur das Wein-Latein kotzt einen an.

Diese Schlußfolge, die noch nicht fertig ist – und auch nie fertig werden wird –, spielt übrigens kaum in der Kirche, sie spielt vorwiegend in einem Bordell, für mich nichts Neues, weil Richard solche Häuser mag. Er hat immer einen Weg gefunden, in einem Bordell zu drehen. Zuletzt drehten wir die ganze Nacht, damit es gegen Morgen, in der Dämmerung, zum Finale käme: Der Zuhälter einer Süchtigen, die endlich bereit war, mir in ein besseres Leben zu folgen – mir als Pastorin, undercover, getarnt mit Leder und Lack –, der Zuhälter sollte die Frau aus Wut erschießen, und ich hatte mich, im Miniminirock, dazwischenzuwerfen, mit Folgen für die ganze Serie. Doch so weit kam es gar nicht. Denn im Lauf der Nacht erschienen am Drehort sämtliche Herren, die mit der Serie befaßt sind oder daran verdienen, Redakteur und Producer, der Sponsor und die Autoren, ja sogar der Stellvertreter des Intendanten, ein Parteifreund von Paul. Sie alle wollten mich als Nutte sehen. Und meine Krankheit brach aus.

Paul ... Paul, vielleicht eine kleine menschliche Story zu dir, die den gewöhnlichen Ehebruch überstrahlt?

Anfang des Jahres – bevor alles aufflog – trafen sich Paul und ich in der Wohnung einer Freundin, die eine Katze besitzt, und diese Katze schaute dann Paul und mir zu: Zwei mutierte Mäuse, dachte sie wohl, ohne Fell. Und Paul kam schließlich mit einem Katzenlatein, weil er wohl dachte, ich würde so was von ihm erwarten.
Also: Paul auf dem Katzenzüchtertag.
In unserem Haus gab es immer Katzen, und ich habe persönlich dafür gesorgt, daß sie ihre Krallen abwetzen konnten. Zum eigenen Schutz wurden sie sterili-

siert, das war der einzige Eingriff in ihr Leben. Wir haben stets Wert darauf gelegt, daß die Katze ihre Magie bewahrt, die sie vom Hund unterscheidet. Auch eine Katze zu halten kann eine Form der Zucht sein, man gibt sein Wissen um die Katze weiter. Und ich kann daher sagen: Ich – bin – ein Katzenfreund!

Und in Wahrheit hast du sie nicht einmal richtig angesehen. Sie nicht und mich nicht.

Vorhang auf, Fenster auf.
Wie viele Leute da unten sind . . .
Wähler, Paul. Nicht deine.

Meine Mutter stand hier auch gern, sie mochte den Blick. Sie mochte auch Richard. Sie mochte dich wirklich, das weißt du! Wäre sie nicht gestorben, hätte ich mit diesem Film noch gewartet.

Paul hat also eine Katzenrede gehalten, er kann ja zu allem etwas sagen. Als er Richard vor einiger Zeit einen Ehrenpreis überreichte, sprach er auch gleich über die Zukunft des Fernsehens, und Richard hing an Pauls Lippen, als hätte er was mit ihm. Und dabei hatte ich was mit Paul. Und fast nichts mehr mit Tomas.

Glücklich war ich nur mit einem: Mir hätte das gereicht. Wir könnten bald silberne Hochzeit feiern,

Richard, und uns gebührte, wie jedem Silberpaar, der Friedensnobelpreis. Aber besessen warst du nicht von der Ehe, sondern von der Idee ihres Scheiterns.

Ich fing an zu trinken nach diesem Scheitern und hörte auch wieder auf damit. Und was Unglück zu schaffen vermag, kann seinerseits nicht mehr zu Unglück werden. Es hielt mich jedenfalls mehr als meine berühmte gelassene Heiterkeit. Die ja in Wahrheit von Richard und seinen Produzenten stammt: Sie haben einfach ein Gefühl erfunden, das ankommt, auch wenn es bei keiner Frau meines Alters vorkommt.

Nur ein einziges Mal, Richard, haben wir Luft geholt für einen Film, der alles sprengen sollte, und dieser Film hat alles gesprengt. Ich habe die Verrückte gespielt, du warst der Irre im Regiestuhl. Und am Ende nur Lob. Und was haben wir daraus gemacht? Höhere Gagen.

Fenster zu.

Liebe ist immer eine Zumutung, für alle Beteiligten. Anderenfalls endet sie in allgemeiner Menschenliebe, der Caritas, Richard, wie bei Paul und Franziska: Sie wollte ihn verlassen, als sie dann doch von unserem Verhältnis erfuhr – ein kurzer wahrer Moment –, und jetzt umsorgt sie ihn, ich kann's ruhig erzählen, es

weiß ohnehin jeder. Man läßt ein Fernsehteam nicht
ungestraft in sein Haus.
Vorhang zu.

Richard? Vielleicht sollte ich das Kleid mitnehmen, in
dem ich neben dir stand, vor einem Jahr, und mich
kaum aufrecht halten konnte, bis du mir endlich den
Preis in die Hand gedrückt hast.
He, glaubst du, irgendwas bleibt, von dem einen Film
abgesehen, nein? Warum haben wir dann nicht nur
solche Filme gemacht?

Diese Preisverleihung, Richard: Alle sagen, das sei der
Höhepunkt meines Lebens gewesen. Mag sein. Nur be-
fand ich mich selbst leider gar nicht auf diesem Gipfel.

Was war passiert? Wir sind ein bißchen ausgegangen,
am Abend zuvor. So eine Bar mit ewiger Theke, außer
uns nur ein Pärchen, wir trinken rotes Zeug mit Eis
und finden es toll, daß mich keiner erkennt. Das Pärchen ist mit sich beschäftigt, der Barmann ist Afrika-
ner, wir sitzen einfach da und würden am nächsten
Abend ganz oben stehen, und dann erscheint diese
Frau und setzt sich neben dich und tut nichts anderes
als weinen. Ein stummes Weinen, das ihren Körper
schüttelt, so sehr, daß es schlimmer ist als jedes laute
Heulen, und der schwarze Barmann reicht ihr immer
wieder Servietten, und wir hören auf, uns zu unterhal-

ten, und das Pärchen auf der anderen Seite gluckst, und da springt die Frau von ihrem Hocker und stürzt, an uns vorbei, zu den beiden und schlägt dem Mann ins Gesicht, und seine Begleiterin ruft: Also, das geht zu weit. Und die Frau schreit: Maul halten! und geht zurück an ihren Platz neben dir. Und da weint sie weiter, während das Pärchen verschwindet, und wir sind jetzt zu viert in der Bar, die Frau, der Barmann und wir zwei, und ich denke, sie stirbt, die stirbt am Tränenverlust, wie andere am Blutverlust sterben, und auf einmal beugst du dich zu ihr und sagst: Jetzt mach doch nicht soviel Streß hier, ja?, oder auch ohne das Ja, ich weiß es nicht mehr. Ich weiß nur, daß ich rauslief und vor dir im Hotel war und anfing, unsere Minibar zu leeren, die leider eine Maxibar war, es reichte dann auch noch für dich. Wir tranken beide solche Mengen, daß ich am Morgen das Bett ruiniert hab, ein schrecklicher Anblick, und meine Übelkeit vor lauter Verzweiflung auf das Glück und die Aufregung wegen der Verleihung am Abend schob. Das Personal zeigte größtes Verständnis, es gab neue Matratzen, und mittags brachte man mir eine Brühe ans Bett, und abends schleppte ich mich zum Höhepunkt meines Lebens.

Das Kleid bleibt hier. Und alles, was hierbleibt, geht an die gute Agatha, meine Putzfrau aus Polen.

Jetzt mach doch nicht so'n Streß hier, ja!

Am Leid dieser Frau kam keiner vorbei, das hat dich fertiggemacht Richard. Und darum hab ich sie beneidet, wie ein Kind das Nachbarkind beneidet: Eins, das ein echtes, lebendiges Tier hat und keins aus Plüsch! Warum hast *du* nicht ins Bett gekotzt? Weil es zum Scheitern einer Ehe reicht, wenn einer kaputtgeht. Zwei wären Verschwendung.

Jetzt ist, wenn es weh tut, erinnerst du dich? Die Schweinerei im Bett hätte mir nichts ausgemacht. Ich wäre auch ohne Personal damit fertig geworden.

Du konntest immer nur stundenweise in der Gegenwart lieben – ich aber hab mir ein Leben aus solchen Stunden mit dir zusammengebastelt.

Deine Rede auf mich, all deine Komplimente, während ich Angst hatte, umzufallen, konnten mich über nichts mehr hinwegtäuschen. Ich bin keine Person der Zeitgeschichte, wie du gesagt hast, um an dich selbst zu erinnern, ich bin eine Person der Fernsehgeschichte. Und Fernsehen kennt keine Zeit, es kennt nur Zeiten – wenn das hier kommt, sollte schon prime time sein.

Wieviel Minuten noch ... keine vierzig. Aber was wirklich zählt, sagen Frauen in Sekunden. Nicht wahr, Bess!

Hätte ich den Mut, dich anzurufen, ich würde dir wahrscheinlich nur eine einzige Frage stellen: Welches Stigma tragen Frauen durch Schönheit davon?

Weißt du, Richard, ich habe Bess vor kurzem zufällig auf der Straße gesehen. Ich habe sie an der Figur und ihren Haaren erkannt, sie stieg grad in ein Taxi und war auch schon weg, und mein Herz schlug bis zum Hals. Ich wußte jetzt, sie ist wieder im Land. Und hab alles in Bewegung gesetzt, bis ich ihre Nummer hatte.

Vor Jahren haben wir zusammen ihren ersten Film gesehen, über den Krieg im Libanon, du erinnerst dich. Und deine ganze Reaktion am Ende war die Aufzählung aller großen Dokumentarfilmer, die du kennst. Wir hatten beide Angst vor ihr.
Und jetzt habe ich ihre Nummer und rufe nicht an. Jemand müßte ein Reglement für uns finden ... Die Regel zwischen Richard und mir hieß zuletzt: Alles noch ein bißchen schlechter machen, als es sowieso schon ist. Oder?

Vielleicht hast du gar nicht aufgehört, mich zu lieben, aber du hast irgendwann aufgehört, zu sagen, was mich liebenswert macht. Also hab ich es aus dem Auge verloren. Und kamst du deshalb am Schluß mit gewissen Dingen fürs Auge, den Filmchen, die unsere Nächte wieder in Schwung bringen sollten? Wir haben uns das angesehen, und ich dachte: Die schreien, diese Frauen, wie Jesus geschrien hatte, als man ihm den Nagel durch die Füße trieb. Der Nagel gehörte dort einfach nicht hin, und er schrie, Mein Gott, mein Gott ... Das kennt ja jeder, aus seinem Bett. Und ich sag dir noch etwas, Richard: Es gibt auch Sätze wie Nägel – und was habe ich für Sätze in mich hineintreiben lassen.

Hallo, Liebling. Wo hab ich bloß meine Tasche? Gut, ich schaue, was ich tun kann. Frühstück, Kinder! Sag mir die Wahrheit, auch wenn sie weh tut. Ist das nicht ein herrlicher Tag? Setzen Sie sich, möchten Sie eine Tasse Kaffee? Du mußt keine Angst haben, weil ich älter bin. Wie steht mir das Kleid? Sie werden meiner Tochter nichts antun! Ist die Glocke repariert? Sie, Sie wissen doch gar nicht, was Liebe ist! Hattest du einen schönen Abend? Und wo waren Sie zwischen sieben und acht? Grüß Gott ... Sie können mir nichts vorschreiben! Du machst mich sehr glücklich damit, weißt du das? Wir müssen Mutter informieren. Vielleicht erzählen Sie jetzt erst mal der Reihe nach. Wie ich sehe, sind Sie verheiratet. Danke, ich rauche nicht. Oh, mein Gott, mein Gott, ja ... oh, Gott, ja ... Tut mir leid, aber der Mann genießt meinen Schutz. Ich bin eine Frau, verstehst du! Sie können mich natürlich jederzeit anrufen. Wo hab ich nur meine Tasche? Hallo, Liebling.

IV

Wahr ist: Ich komme auf die Straße und werde erkannt, immer, überall. Schwerarbeit. Ständiges Fragen nach der Person, die ich seit Jahr und Tag darstelle, oder gleich Ansprache an diese Person. Wie geht's, Frau Pastorin? Wie geht es Ihnen!

Meistens trage ich ja einen Hut und halte den Kopf gesenkt. Nur erkennen mich die Leute inzwischen am Hut.

Den Hut hier hat mir Tomas geschenkt, zu der Sonnenbrille aus Barcelona. Er verbindet damit eine Eroberung, ich weniger.

Richard ist Fußballnarr, wie man weiß, er hat mich mit Tomas bekannt gemacht. Der Dompteur und die Löwin, hat er gleich gesagt. Ich hab von Fußball nicht das geringste verstanden; ich sah nur einen am Spielfeldrand hüpfend herumbrüllen und sich das Haar raufen – der Dompteur am Durchdrehen – und habe mich gefragt, welche Funktion er bei dem Ganzen wohl hat. Bis ich begriff, daß alle auf ihn hörten. Während er durch die Hölle ging.

Für Tomas gilt: Die Liebe eines Mannes kann interessanter sein als der Mann selbst. Bei Paul ist der Fall umgekehrt. Von Richard rede ich später wieder. Ich bleibe jetzt bei Tomas. Ich wollte mich nicht in Tomas verlieben, aber das ließ sich nicht stoppen. Nach einem Champions-League-Spiel, Lissabon, gingen wir nachts durch das Gewirr der Alfama und küßten uns plötzlich.

Erste Küsse sind das Komplizierteste, das zwei Menschen, ohne juristischen oder seelischen Beistand, miteinander aushandeln können. Ergibt sich die Einigung von selbst, muß man aufpassen.

Ich werde ihn mitnehmen, den Hut. Übrigens kann ich mich an nur wenige Küsse dieser Art erinnern, der erste liegt vierzig Jahre zurück. Und der letzte . . . sollte nicht der mit Tomas gewesen sein. Oder?

Mein lieber Tomas. Wie viele Bilder braucht es, um sich zu erinnern? Mir genügt eins, dein leicht offener Mund. Es gibt verdammt wenig Männer, die mit offenem Mund gut aussehen. Wie ein kluges Tier.
Keinen Mann habe ich in so kurzer Zeit – in einem

einzigen verregneten Sommer – so oft geküßt. Das hat uns vereint, Tomas, der Geschmack unserer Zungen. Mit jedem tut man etwas anderes. Richard und ich haben uns gegenseitig kleingemacht, bis zur Versöhnung, bei der wir dann beide über uns hinauswuchsen. Paul und ich hatten die Heimlichkeit. Tomas und ich das Küssen.

Älterwerden erkennt man am Mund, sehen Sie mal ... Diese Oberlippe war früher voll, nicht prall, aber voller, bis zu jener Grippe im vorigen Jahr. Seitdem ist sie leicht eingesunken, in diesem Bereich hier, mit einer Haut wie auf trockenen Trauben: und stellt – woran sich jeder gewöhnen muß – eine nicht mehr ganz so schöne Beute dar. Ich sage das nüchtern, ich beklage mich nicht. Aber sagen muß ich es schon dürfen: daß dieser Mund nicht mehr der alte ist!

Es wäre gelogen, wenn ich sage, ich sei um die Fünfzig, auch wenn ich noch nicht Mitte Fünfzig bin. Was auf mich zukommt, kann auch der beste Anwalt nicht aufhalten. Anwälte zählen in meinem Beruf mehr als Ärzte. Ärzte kommen an die Reihe, wenn es zu spät ist.

Und der liebe Tomas wartet immer noch auf den ganz großen Sieg. Neulich hätt es fast geklappt, bis das Gegentor fiel, da hat auch alles Bekreuzigen vorher nichts mehr geholfen. Seine Jungs machen sich ja zum Gespött Gottes: Wenn sie ihn erst anflehen und hinterher fluchen.

Ich habe das Spiel in einem Hotelzimmer verfolgt, in Gesellschaft, und mußte meine Gefühle verbergen, nicht für das Platzgeschehen – für dich, Tomas. Nach dem Abpfiff ist alles Leben aus dir entwichen, ich konnte es nicht mit ansehen, ich lief ins Bad, mein Begleiter machte sich Sorgen. Hab ich dir eigentlich gesagt, wie es zum Ende kam? Indem ich es zugelassen habe. Du hattest angefangen, dich schlecht zu machen, Ich kann dies nicht, Marie, ich kann das nicht, ich kann keine Verantwortung für dich übernehmen, ich hab schon genug am Hals ... Beliebteste Methode, wenn Männern die Luft ausgeht. Ich aber hielt nicht dagegen.

Geblieben ist dieses Foto von dir und mir. Wir beide in einem leeren Stadion, mitten auf dem Rasen, wie Kinder. Wochenlang waren sie hinter uns her für so ein Foto, das Angebot schoß in die Höhe, in manchen Ländern arbeiten sie ein Leben lang für so eine Summe. Ich hätte nein sagen sollen, bis zuletzt. Aber ich habe dann ja gesagt. Um Richard zu treffen. Ja, ja, macht es, in Gottes Namen, macht es mit mir. Und zehn Prozent in den Sudan.

Hier ... Hier hat mal ein Spiegel gehangen, man sieht's noch, er ist heruntergefallen, die gute Agatha hat es beim Putzen *zu* gut gemeint, und immer, wenn ich das Zimmer betrete, vermisse ich mich an der Stelle und erschrecke für einen Moment. Aber eigentlich ist es besser so.

Früher bin ich immer hereingekommen und hab mich gleich so halb vor dem Spiegel gedreht, um zu sehen, ob ich irgendwo schon wieder dicker oder dünner geworden bin. Der Körper führt ja ein gewisses Eigenleben. Hinter dem eigenen Rücken sozusagen.

Und darum hat mir wohl Richard eines Tages einen Body geschenkt, das Wort sagt schon alles. Dem meinen sollte Einhalt geboten werden. Und übertroffen werden sollte er auch gleich. Irgendwo muß er sein, hier im Schrank, ganz da hinten, man hebt ja so was auf, nicht wahr – da ist er. Blaßgelb, wie Löschpapier. Und an dieser Stelle hier kann man ihn öffnen und schließen, wie einen Käfig. Nur ein einziges Mal fand er Verwendung, bei Tomas. Oder für Tomas. Oder mit Tomas. Beim Sex kommt es auf die Präposition an.

Das ist meine Erfahrung, ich bin keine Spezialistin. Ich kenne Richard, ich kenne Tomas, ich kenne Paul. Und andere. Und auf einmal dies Gefühl: Ich kenne alle. Mag sein, es gibt noch einen, der ganz anders ist – den möchte ich sehen.

Was mach ich jetzt mit dem blaßgelben Käfig? Ich kann ihn ja nicht hierlassen, wie die anderen Sachen, für meine Agatha. Sie glaubt noch an die Jungfrau und würde sich über das Türchen wundern.

Vielleicht geht er ins Klo, wenn ich ihn kleinschneide.

Oder ich verbrenn ihn einfach ...

Alles wieder auf – Vorhänge, Fenster –, ich verbrenn dich auf dem Sims, mein Freund. Und wer weiß, wer die Flammen sieht und deutet. Und mich womöglich besucht! Wo ist mein Feuerzeug ... Ich rauche kaum noch, zehn am Tag, von Sonnenaufgang bis Sonnenuntergang, in der Nacht sogar weniger. Da ist es, ein Geschenk von Paul.

Und jetzt bitte stillhalten ...

Es geht, es brennt! Und wie! Das nenn ich Unterhaltung: Ein brennender Body am Fenster!

Scheiße, der Vorhang. Raus, raus mit dir – Vorsicht da unten, ein brennender Body!

Das hätt mir noch gefehlt, ein Hollywood-Filmende, alles in Flammen. Und wieder zu hier – zu, zu, zu, Ende der Unterhaltung. Die meisten wissen ja gar nicht, was das heißt, Unterhaltung; Leute wie Richard erklären, sie hätten Scheu vor den Tiefen der Kunst, weil sie für die Unterhaltung aller zuständig seien – was sie in Wahrheit scheuen ist die Tiefe der Unterhaltung.

Er brennt noch immer da unten.

Bess?! Hast du das Feuer gesehen? Die Flamme des Sieges, du erinnerst dich?

Ich hab mit dir ja früher, ach: stundenlang über die Revolution geredet und stundenlang vor allem die Unterhaltung gemeint. Dein Fehler war es, gar nicht die Unterhaltung zu meinen, das hätt dich fast ins Gefängnis gebracht. Du hast an die Gleichheit geglaubt, ich an die Schönheit. Das war alles falsch, aber wir kamen weiter. Ich kam sogar ganz nach oben, du kamst um die Welt. Ich hab es vor die Kamera geschafft, du dahinter. Und dein Held, Kristian, den wir beide geliebt haben, hat es gar nicht geschafft. Er kam nur ganz oben auf ein Fahndungsplakat. Aber die meisten kommen nur ganz nach oben, Bess, weil sie sich unten zuviel versaut haben.

Und als mein Leben noch rein war, hattest du diese grandiose Idee, deinen Helden bei mir, einem unbeschriebenen Blatt, zu verstecken – ich werde jetzt darüber reden, zum ersten Mal. Weil es meine Geschichte ist. Ich habe genug fremden Geschichten zum Durchbruch verholfen. Oder etwa nicht, Richard!

He, hat dich der Anblick gequält? Dein brennender Body. Und überhaupt: Wie geht's? Stell dir vor, manchmal vermisse ich die kleinen urologischen Dramen nachts. Das Drama der Details, der Herzschlag jeder

Ehe. Was macht dein Herz? Meins funktioniert noch.
Du warst sein Schrittmacher, und dennoch funktioniert es.
Willst du's hören? Wart, ich geh näher ans Mikro, und du, stell den Ton lauter.
Hörst du's jetzt, ja?
Das unheimlichste aller Menschengeräusche, Richard. Ich hatte es bei unserer Tochter schon deutlich gehört, ein hastiger, jagender Rhythmus, vermutlich zu hastig.

Nur ein einziges Mal hatte ich bis dahin ein Herz dermaßen schlagen hören, mein eigenes, viele Jahre zuvor, während der ersten Umarmung mit Kristian, ich muß das hier sagen, Bess: Es war *keine* grandiose Idee, ihn bei mir zu verstecken. Vier Wochen in einer Zweizimmerwohnung – so viele Theorien über eine bessere Welt gibt es gar nicht, um damit achtundzwanzig Nächte zu füllen. Er wußte, es hätte ein Ende, ich hab es nur gefühlt. Liebe ist die einzig positive Katastrophe im Leben: Du glaubst, fliegen zu können, einen Beweis gibt es nicht. Jedenfalls war er nach dieser Zeit für uns beide verloren. Als ich später von seinem Tod erfuhr, hab ich nur genickt. Und nach all dem brauchte ich Platz für mich, und das hieß: Bekanntheit. Für meine Mutter hieß das noch: Rück mal ein Stück auf dem Sofa.

Richard war damals mein Retter, ich muß das so sagen. Er hat mir einen Platz geschaffen von der See bis zu den Alpen, und heute ... geht er auf die Sechzig zu, auch das muß raus. Ich habe seine kleinen kalendarischen Schwindel immer gedeckt und er die meinen. Wir haben uns gefunden in dem Punkt. Zwei Schwächen – ein Paar. Der geheime Krebs jeder Ehe.

Man altert bei lebendigem Leib, da liegt das Problem. Und die Wünsche altern nicht mit, sie bleiben unseriös. Aber ein einziger Liebesfunke kann dich jünger machen als alle Glut der Jugend. Ich weiß es.

Dieses Foto hier, da bin ich dreißig. Richard hatte gerade eine zweite Lawine mit mir losgetreten, alle liebten mich wie verrückt. Er kennt sich aus mit solchen Lawinen, wie man sie größer und größer macht. Nur wußte die Lawine nicht, daß Richard ihr Experte war.

Da. Das Telefon wieder.

Zweimal. Dreimal. Viermal. Fünfmal. Und aus. Und Lächeln, als sei alles gut. Ich kann's noch. Warst du das?
Dann hör gut zu: Ich war sozusagen noch verschüttet, von der Lawine, in einer Art Koma, und in diesem Zustand unsere Reise nach Los Angeles, Richard. Zwar war ich nicht blond genug für Amerika, aber du hat-

test diese Telefonnummern, das gab dir Sicherheit. Angeblich waren wir in Hollywood, um das Terrain zu sondieren, in Wahrheit haben wir geträumt. Wir fuhren Abend für Abend, in einem gemieteten roten Mustang, den Sunset Boulevard rauf und runter und haben geträumt, daß einer kommt und sagt: You got the job, Lady! Einer, der Cohn oder Katz heißt und Leute wie dich und mich mit offenen Armen empfängt, das hast du geträumt. Und auch nach unserer Rückkehr hast du noch oft von Offerten erzählt, Telefonaten mit Agenten von Katz und Co. oder Agenten von Agenten, du hast kaum geschlafen nachts, sondern einfach im Takt der Westküste weitergemacht, während ich immer wacher wurde.

Frühstück, Kinder!

Oder warst du das, Tomas? Hast du angerufen? Um dir Trost zu holen nach dem verspielten Pokal?

Nein ... Nein, Tomas hat Stolz. Er gesteht eine Niederlage und schämt sich. Während Leute wie ich nach einem Reinfall grübeln und sich später betrinken. Und Leute wie Richard das Grübeln überspringen.

Tomas hat sich, wenn wir uns nach verlorenem Spiel in den Armen lagen, immer noch weiter geschämt, und in diesen Momenten hab ich ihn geliebt und mir vorgestellt, zehn Jahre jünger zu sein und mit viel Glück noch einmal schwanger zu werden. Doch wie hätte das, von meinem Wahnsinn abgesehen, funktionieren sollen, lieber Tomas: wenn sich die ganze Spermienmannschaft mitschämt? Anstatt zu stürmen!

Wollen Sie noch einmal ein Kind? fragte meine Frauenärztin, als ich dazu wieder bereit war. Das ginge im Prinzip...
Na, dann los, hätte ich fast auf ihrem Stuhl gesagt. Aber ein Kind entsteht nicht durch Besamung. Es entsteht, weil dafür in uns etwas offen ist. Und diese Offenheit endet beim leisesten Zweifel und nicht mit dem Wunsch, *kein* Kind zu bekommen. Leise Zweifel sind die wirksamste Verhütung.

Ich bin also nicht mehr schwanger geworden und habe mir ein Auto gekauft, British racing green, mit gelben Ledersitzen und achtzehn Litern im Stadtverkehr. Seit ich das habe, bekomme ich dauernd Post aus England, kaum einer schickt mir so hartnäckig Briefe – Sehr geehrte gnädige Frau, Sie haben unserer Firma Ihr Vertrauen geschenkt, und wir möchten Ihnen heute, als kleine Gegenleistung, etwas von unserer Philosophie erzählen...

Klingt ganz nach Paul, nicht wahr? Und auch nach Richard. Oder Tomas. Männer wollen ja immer ein Weltbild verbreiten, wo sie sich im Grunde nur breitmachen wollen, und die Frau hört zu. Was an sich harmlos wäre. Doch macht sie Platz in Wahrheit. Ich ziehe es vor, zum Schein Platz zu machen und dafür gar nicht erst zuzuhören. Man lernt.

Eines Tages sagte ich zu Tomas: Tomas, wir verstehen uns nicht. Und von ihm nur ein Kopfschütteln, wie nach einem Stellungsfehler ohne Folgen, inzwischen kenn ich mich aus im Fußball.
Ging's nach mir, hätten wir zwei Unparteiische, Mann und Frau. Erst wenn sie einig sind, wäre von Tatsachenentscheidung zu sprechen.

Antwort Tomas: Du sollst mich nicht verstehen, Marie, du sollst mit mir schlafen! Und ich tat es, aus Verlangen, aber auch, weil er kochte für mich, eine portugiesische Beilage, ich nannte sie Benfica-Brei, Brotreste in Milch geweicht, mit Knoblauch, Muschelfleisch und Koriander. Danach hat er sich wie verrückt die Zähne geputzt, Trainer wollen immer gut riechen. Sie füllen jeden Raum mit einem Aroma aus Nudeln und Angst, letzteres im Hinblick auf ihr Leben *nach* dem Fußball. Ich habe den Benfica-Brei also gegessen, mit einem Lächeln, wie ich auch lächelnd und unerkannt auf den Platz ging, zufrieden mit der Gegentribüne, wo ja die wahren Dinge passieren. Das Bewegendste findet nämlich nicht auf dem Rasen statt, es findet statt, wenn der Stadionsprecher den Vornamen des heimischen Torschützen ausruft und die Menge seinen Nachnamen schreit, da entlädt sich etwas, sage ich, das mit Liebe zu tun hat! Keiner wirft sich so ins Zeug wie Chöre Trommler Fahnenschwenker, während ja auf dem Platz oft auch gar nichts passiert – hier ein Schuß, da ein Schuß, und zwanzig andere spucken.

So ist das, Tomas, tut mir leid, und nun komm näher, hör genau hin. Was ich jetzt sage, geht nur dich etwas an – Richard vielleicht noch –, und sollten es alle hören, bedank dich bei ihm. Ich liebte dein Tigern am Rande des Spielfelds, das heisere Brüllen – Verzweiflung steht dir mehr als Jubel. Oft hab ich heimlich zu den anderen gehalten, und es hat mich gepackt, wenn du auswechseln wolltest, die Hand im Nacken des Jokers... Das alles, bis dein Schlußpfiff kam, und ich, zu leise, um Verlängerung bat. Und von dir nur der Satz: Es geht jetzt nicht um uns, Marie, es geht um den deutschen Fußball.

V

Diese Schuhe sollten mit. Und dann muß nur noch
der Koffer zugehen ... Mit Richard bin ich in diesen
Schuhen gewandert. Er konnte bergan kaum reden,
nur schnaufen. Und ich mochte ihn.

Was ist schwerer: lieben oder mögen?

Er geht nicht zu, der Koffer. Aber ich will keinen anderen, ich will den!

Ich bin beliebt, das liegt dazwischen, aber näher am
Mögen. Nie ist mir Haß entgegengeschlagen, dafür
manchmal Überdruß. Oh – die schon wieder.

Richard hat nur darüber gelacht, Aber das gehört doch
dazu, schönes Kind, jeder Beruf hat seine Härten.
Und deine Assistentinnen, Richard? Gehörten die auch
zu den Härten meines Berufs? Ich habe es dir erspart,
mich auf einen Größeren, als du es bist, zu werfen,
einen wahrhaft Großen, bigger than life. Das hätte

dich vernichtet. Warum hast du mir nicht die Jüngeren erspart?!
Einen Mann drückt die bessere Wahl in den Staub, eine Frau die billige.

Ich habe Staub gefressen, Richard, und für dich daraus Gold gemacht. Jede wirklich gute Szene verdankst du mir, fünf, die wirklich etwas taugen, in über dreißig Jahren. Wir hatten sie gemeinsam erlebt, aber nur ich hab ihre Wahrheit gerettet: weil ich sie für uns beide durchlitt. Habe ich je dafür die Hand aufgehalten? Nein. Was aber war der Lohn? Die Gage? Die Bekanntheit, Privilegien? Oder ist es am Ende meine Lebenserfahrung? Muß ich mich glücklich schätzen, diesen Reichtum in mir zu wissen? Dann gäb's da nur eine offene Frage: Ist die Lebenserfahrung einer Frau sexy?

Der verdammte Koffer geht nicht zu. Dann muß man eben drücken ... und dann diesen Riegel ...
Ah! Jetzt hab ich mich geschnitten, und wie, an dem Beschlag hier, Mist!
Schauen Sie ruhig hin – quer durch den Ballen. *Das* ist ein Rot, ich geh mal ganz an die Kamera ran ... Muß ich nur überlegen, wo ich ein Taschentuch hab, unterm Kissen vielleicht – nein. Wieso blutet das so? Dann nehmen wir halt das Hemd hier. Und du, Richard, schau lieber weg. Muß ich das nur festziehen ... und pressen.

So.

Richard wird ja schon beim Schweineblut blaß, er läßt
am liebsten erdrosseln. Aber der Koffer ist zu.
Das war's, das hält. Und darauf ein Schluck Pergole
Torte. Prost.

Diese Flasche hier, die hier, ein alter Brunello: die
stammt noch aus der Zeit, als wir versucht haben, ein
Kind zu machen, und es nie klappte, und du dann
gehört hast, Rotwein könnte dabei hilfreich sein. Paul
war übrigens derselben Ansicht. Vermutlich hat er
den Wein deshalb nicht angerührt.

Armer Paul ... Stimmte ich ihm zweimal zu, hielt er
mich schon für einmalig. Nichts ist leichter, als verheiratete Männer glauben zu lassen, besser verstanden zu
werden als von der eigenen Frau. Ein sachtes Nicken
und schon laufen sie über wie Milch. Und wir müssen
uns eilen, ihr Ich aufzuwischen, damit es nicht stinkt.

Eines Abends rief Paul bei mir an, mitten im Wahl-
kampf. Ich brauche Sie, Verehrte, kommen Sie nach
Weimar! Und ich folgte seiner dringenden Bitte, die
mich zur geheimen Staatsdienerin machte. Auf der lan-
gen Taxifahrt hörte ich Paul im Radio, er erzählte von
seiner Mutter, von den Besuchen bei ihr. Alle Politiker
sind gute Söhne. Und tun bei ihren Geliebten anders.

Natürlich hast du im Elephanten gewohnt, Paul, wo schon die alte Lotte übernachtet hatte, bei Thomas Mann, und Adolf Hitler, in Wirklichkeit. Du hattest das beste Zimmer, also wohl seins. Dein Leibwächter hat mich eingeschleust, ich gewann sein Herz im Fahrstuhl. Er hat dich beneidet – unser treuester Komplize von da an.

Deine Stimmbänder waren entzündet, du durftest nur flüstern. Wissen Sie, ich hab keinen, mit dem ich reden kann, Verehrte... Falsch, Sie reden gerade mit mir. Und jetzt entspannen, Gefühl rauslassen, die Krawatte lockern, darf ich... Was, das Gefühl? Immer wenn ich Gefühl gezeigt habe, ging eine Wahl verloren! Nein, Paul, schon wieder falsch: Mich haben Sie gerade gewonnen.

Irgendwie bot es sich an, das zu sagen, und danach hat mich Paul im Namen des Gefühls aufgespießt wie den seltenen Schmetterling, um am anderen Tag sein gewohntes Leben fortzusetzen, unantastbar wie der Briefkopf einer Züricher Bank. Aber auch wenn wir uns alle paar Wochen in einem Hotel umarmt haben, anläßlich irgendwelcher Konferenzen, an ihrem Rand, wie es so treffend heißt, kam etwas von Pauls mehrheitsfähigem Leben dazwischen, als könnte das den Ehebruch mildern.

Sag, Marie, glaubst du an irgendwas, ich meine, außerhalb deiner Karriere, hast du Gott gefunden? Und ich streichelte sein nasses Haar: Wieso? Wird er vermißt?

Und einen Herzschlag lang, armer Paul, hat dich ein Schauder ergriffen, und ich hielt deinen Kopf, Hab keine Angst, erzähl mir was, und schon kam dein Paradethema, erst leise, dann vehement, und da ging mir ein Licht auf: daß den Leuten, die ständig von Innovation reden, nichts anderes als ein lieber Mensch fehlt. Mit all euren Innovationen, Paul, baden wir nur schlechte Ehen aus.

Bei Richard heißt Innovation Plot. Immer wollte er den Plot, den noch keiner hatte, das absolut Neue, und die einzig wirklich neue, ganz und gar überraschende Wendung in seinem Leben nahm ihm die Luft. Daß ich am Ende doch noch schwanger war.

Meine erste Andeutung in einer Drehpause, Faß da mal hin, und du wurdest nur blaß. Schwanger, wieso?

Natürlich warst du im Druck, Richard, gar keine Frage: Aber gab es irgendeinen Spielraum, in deinem Hirn, um auf meine alles verändernde Mitteilung, Ich erwarte, endlich, ein Kind, und du bist der Vater, mit ein bißchen mehr Erschütterung zu reagieren?! Fiel dir nichts anderes ein als Schwanger, wieso?, ich konnte es nicht glauben. Jedem Tier wäre mehr eingefallen, es hätte sich am anderen Tier gerieben, hätte sich schützend davorgestellt, den Kopf an seinen gelegt: Denn es war doch unser großes, gar nicht mehr vorgesehenes, völlig unverdientes Glück, und du hast es zu einer Panne gemacht!

Was soll ich noch sagen ... Es reicht nicht, ein Mann zu sein. Oder ein Kind empfangen zu können. Wie's auch nicht reicht zu lieben. Du mußt das alles mutig tun.

Die Szene, die Richard nach dieser Szene mit mir gedreht hat, gilt als eine seiner besten, ja. Mich aber hat das alles zu dem verurteilt, was man Haltung nennt. Ich war schwanger, und das war keine Rolle. Und keine neun Monate später war ich gespalten: zwischen der Frau, die sich selbst verurteilt, und der Frau, die ich verurteile, weil sie all das ertragen hat.

Ich *habe* alles gespielt, was sollte ich jetzt noch spielen? Etwa, daß ich hier blute?!

Also die berühmte Haltung, ich muß viel davon haben. Dazu noch die berühmte Tapferkeit – tapfer haben sie mich genannt in jedem Blatt, nach deinem Auszug hier. Tapfer. Wieso nicht klug? Nirgends stand das. Werden nur Männer aus Schaden klug? Ich darf das bezweifeln. Liebe und Schmerz lassen uns immerhin fühlen, was wir nicht wissen – auf diese Weise bin ich zu umfassender Bildung gelangt.

Dein Glück, daß ich erst am Ende klug war. Oder unser Glück. Du hattest mich zu dem kleinen Hotel auf der Gardasee-Halbinsel gebracht, San Vigilio, ein Zimmer war bestellt, das hätte mich warnen können. Später erfuhr ich, daß man es ein halbes Jahr vorher bestellen muß.

Erste Male zwischen Liebenden leben vom Unwissen. Ich konnte nicht sprechen – und sprach. Mir waren keine Feinheiten bekannt – ich wandte alle an. Wir atmeten nur. Oder hauchten. *Du.* Unser ganzer Wortschatz in dieser Nacht. Und gegen Morgen dann eine umfassende Güte. Die umfassende Güte, die einen befällt, wenn das Lieben und Leben geklappt hat, man allen verzeiht, sogar sich selbst in seiner Sterblichkeit.

Männer tun es Tausende Male im Leben, heißt es – ich kann die Male zählen. Alle übrigen waren die der Männer, unter gewisser Mitwirkung meinerseits. Ich komme nicht mal auf zwölf, zwölf wäre schon großzügig. Davon entfallen allein drei auf Tomas, tut mir leid, Richard. Vier würde ich dir zugestehen, eins immerhin Paul, und zwei gehen an Männer, die ich hier

nicht mit reinziehen will. Das früheste Mal aber war
mit dem Mann, den ich eigentlich nur hätte verstek-
ken sollen, tut mir auch leid, Bess.

Dein Held und ich lebten einen Monat, erzwungener-
maßen, auf engstem Raum. Ich war Anfang Zwanzig,
ein Kind, er Ende Zwanzig, ein Gehetzter. In den
ersten drei Wochen passierte nichts, in der letzten
passierte alles, es fällt mir nicht leicht, das zu sagen,
Bess. Einmal hast du angerufen, obwohl es ein Risiko
war, du hast es nicht mehr ausgehalten und wie eine
Mutter gefragt: Na, was macht ihr zwei ... Was wir machen? Wir machen Bratkartoffeln, hörst du's nicht
zischen? – Oh, ich hör's, hol ihn doch mal. – Du, der
kann jetzt nicht, die Kartoffeln brennen an ... Na,
dann guten Appetit! – Du, den haben wir schon,
danke!
Denn in Wahrheit lagen wir auf dem Boden, ich mit
dem Gesicht zum Hörer, er in meinem Rücken, und
das Zischen war das Klatschen, wenn sein Bauch meinen Hintern traf.

Kristian hat mich nicht verführt – *ich* war zu entgegen-
kommend, ein Fehler. Denn nichts macht stärker als
das unvollzogene Begehren. So eine Stärke hätte mir
später geholfen. Ich war so winzig nach Richards Auszug, eine weinende Zwergin.

Es blutet noch immer, ich sollte mich hinlegen ...
Einmal möchte ich noch auf mein Bett. Oder in mein
Bett, wie sagt man? Gehen wir ins Bett.
Richard und ich haben dieses Bett jedenfalls anfer-
tigen lassen. Ein Unikat.

Schau mich an, Richard, schau mich an in unserem
Bett! Ehen gibt es nicht, weil es Mann und Frau gibt,
sondern weil Leute nicht allein alt werden wollen, vermutlich, und weil ein Bedürfnis nach Ehe besteht! Und
warum dann die Scheidungen? Nun, sich trennen ist
auch ein Bedürfnis. Aber *wie* wir das tun, das ist die
Frage. Im Film reichen neunzig Minuten, um diese
Frage gleich für *zwei* zu klären – man erfährt alles über
zwei Leben und wird beiden gerecht, weil diese Leben
nur im Drehbuch stehen. Meins aber gibt es wirklich!
Und es war eins mit dir.

Was war unser bester Moment? Als wir, Hand in Hand,
in einem Kino saßen, in dem einzigen Film mit mir, der
wirklich was taugt, und wir zum ersten Mal gespürt haben, wie stark wir sind. An der Stille um uns herum:
lauter Menschen, die ganz still auf die Leinwand starr-
ten. Weil wir etwas geschaffen hatten, Richard.
Und der böseste ... Als ich dich geschlagen habe,
zum ersten und letzten Mal, mit derselben Hand, die
deine Hand im Kino hielt, mit dieser hier. Ich schlug
dir die Faust ins Gesicht, hier auf dem Bett, nachdem

ich dich so weit gebracht hatte, zu erzählen, wie lange du mich schon betrogen hast und mit welcher Inbrunst. Und mir war es nicht mal gelungen, einen Seitensprung vorzutäuschen! Ich schlug mit aller Kraft zu, und du hast dich nicht gerührt, ich hab geschrien, wie ich niemals zuvor geschrien habe. Und von dir nichts, einfach gar nichts, nur ein entsetzlicher Mangel an Gegenwehr. Und ich die einzige Zeugin all deiner Schwäche. Es gibt kein Zurück hinter solche Minuten.

Aber Männer wie Richard verstehen sich darauf, das eigene Nichts mit dem des anderen zu mischen und daraus Glück zu machen. Er nahm meine Faust, die Faust, die ihn geschlagen hatte, und war auf einmal bereit, die kleine Dramaturgin, mit der er sich schon so lang amüsierte, in die Wüste zu schicken, eins dieser aparten, egozentrischen Wesen mit Eßstörung in einem Beruf, der gar keiner ist, vermutlich das aparteste, egozentrischste Wesen mit Eßstörung in diesem Nichtberuf, das er je im Bett gehabt hat, und ich war ihm – zu meinem eigenen, größten Erschrecken – dankbar.

Wieviel Zeit noch? Was sagt die Uhr ... Daß es spät ist. Normalerweise fang ich jetzt an zu telefonieren und geh dabei auf und ab. Ich bin in dieser Wohnung telefonierend schon um die halbe Welt gelaufen –

das am Stück, immer nach Osten, und es wäre längst Morgen. Und ich hätte alles hinter mir. Aber es ist noch nicht Morgen, es ist Nacht, wie es auch Nacht war, als wir Hand in Hand in dem Kino saßen, und Nacht war, als ich dich geschlagen habe, und es auch viele Jahre zuvor Nacht war, bei unserem innigsten, verdammtesten Moment.

Dein Herz müßte jetzt rasen, meines rast.

Ich komme also auf die Stunde, in der unser Kind entstand, Richard. Du hattest mich vorher wie so oft betrogen, aber nur mit irgendwem, der mir in Form eines Ohrrings begegnet war, und ich haßte dich, während meine Augen den Mann sahen, den ich wollte. Es war ein Verlangen fast wider Willen in dieser Nacht, und der Umschwung in mir, der Wunsch, dich zu spüren, ging der Zeugung voraus, war aber schon Teil ihrer Idee – sozusagen Gottes Trick, seiner Idee zum Durchbruch zu verhelfen. Und so setzten wir, mit Hilfe des Tricks, das neue Leben in Gang. Und ich dachte in den Wochen danach: Was kann noch alles werden aus uns.

Nach dem ersten Ultraschall tippte der Arzt gleich auf ein Mädchen, und Richard fragte, ob ich schon einen Namen hätte, aber ich hatte noch keinen. Sie waren ja damals schon alle breitgetreten, die schönen Namen, und sind es heute noch mehr. Zuerst hieß sie Julia, das war Richards Idee, bis ich ihr das ersparen wollte. Im dritten Monat dann Anna-Sophie, mein Gegenvorschlag, und im vierten nur noch Anna, wie ganze Scharen. Und dann hab ich sie auf einmal gespürt, und bis zum sechsten Monat hieß sie Katja. Ich war mir ganz sicher damit und ließ für ihr Bett schon ein Schildchen machen – plötzlich tut man Dinge, die man jahrzehntelang lächerlich fand, darin liegt wohl die Kraft eines Kindes. Ich dachte nur noch an Katja, bis eines Tages, achter Monat, meine Werte nicht mehr ganz stimmten. Von da an hieß sie Claire, so hätte ich selbst gern geheißen, aber war das ein Argument... Mit den zu frühen Wehen dann starb auch dieser Name, ich dachte nur noch an mein Kind – Kind, dachte ich, komm. Und als es endlich geschafft war, die philippinische Schwester mit einem winzigen Plastikarmband ans Bett kam und mich fragte, was sie draufschreiben sollte, da fiel mir für das Geschöpf an meiner Brust nichts mehr ein. Ich bat um Bedenkzeit, erst einen Tag, dann noch einen, und am dritten Tag war es tot. Es hatte einfach aufgehört zu atmen, während ich einfach eingeschlafen war. Und Richard schon wieder drehte.

Mein Kind war tot, doch ich konnte es nicht glauben und verließ mit dem Bündel das Zimmer. Ich hatte einen Mantel über dem Krankenhaushemd und ging die Flure entlang und stand auf einmal auf der Straße, und ein Taxi hielt, ich stieg ein. Der Fahrer drehte sich um, ein Ausländer, der mich nicht kannte, er war froh, eine Mutter mit Baby fahren zu dürfen – Und, geht nach Haus, was? Und ich sagte Ja und nannte den Ort, an dem Richard drehte, und er fuhr los und fragte: Wie heißt Baby? Und ich: Es hat noch keinen Namen, mit einem Namen hätte es vielleicht überlebt.

Ein unerwarteter blitzhafter Gedanke, der mich schreien ließ, worauf der Mann sofort hielt, und ich höre noch, was er der Zentrale durchgab: Frau Baby Katastroph! Minuten später schon der Rettungswagen, und im Krankenhaus zeigten alle Verständnis, nichts ging an die Öffentlichkeit, ein Pfarrer erschien, während sie unsere Tochter schon öffneten, Richard. Der Chefarzt persönlich kam dann mit dem Befund, der gar keiner war. Und danach erst kamst du, Oh Gott, oh Gott, oh ...

So, wie es angefangen hatte, als ich dich wider Willen liebte, so hörte es auf.

Und wenn es anders gelaufen wäre, Richard? Wenn sie jetzt da wäre, mit ihrem Ranzen oder Rucksack?

Ich weigerte mich dann, noch einen Namen zu finden, und nahm, als ein Papierkrieg drohte, einfach den eigenen. Der steht noch immer auf dem Kreuz – von dem außer uns beiden nur noch der Pfarrer weiß. Und bald wissen es alle, ja? Weil du ihn weitergibst, den Film. Es sitzt dir so in Fleisch und Blut, daß nichts privat ist, wie es mir in Fleisch und Blut sitzt, dich zu beliefern. Für ein Wort.

Gut, Schöne, wie gut du warst! Und ich atmete auf. Aber je besser ich war, desto schlechter war ich – für mich. Und bin es noch. Du rufst an, du sagst: Ich will mir dir schlafen, komm ... Und ich weiß, deine aparte Egozentrikerin, sie kann an dem Tag nicht, sie hat es mir selbst gesagt, denn ich stehe mit ihr in Kontakt. Frauen haben Drähte, wo Männer nur Witze reißen, sie hat mich angerufen, stell dir vor, und wir haben uns unterhalten, ich hatte Verständnis für sie. Und du sagst zu mir: Komm. Und in Wahrheit bin ich nur der Ersatz, aber komme. Ich rufe ein Taxi und fahre zu dir, und wir gehen ins Bett, wie es nur Leute tun, die am Ende sind, wortlos – nicht still oder ohne ein Wort, das wäre ein riesiger Unterschied, nein, ganz und gar wortlos bringen wir's hinter uns in deinem großen neuen Bett, nachmittags, in einem Schlafzimmer, wie's armseliger nicht sein könnte mit seinen perfekten Regalen. Da machen wir es, und am Ende, in mein Ohr geblasen: O Schöne, das war gut. Und ich gehe mich waschen, das Gesicht vor allem, damit die Tränen im Wasser verschwinden, solche der Scham, Richard, denn irgendwie fand ich es auch gut, in diesem Bett, das deine Dramaturgin als komfortabel beschrieb, Mit so einem Kopfkeil, wissen Sie ... Und ich:

78

Dann hat er Sie auch gebeten, die Knie an die Schultern zu legen, Hände in den Keil gekrallt? Und sie, nach Zögern: Ja, aber... Und ich sage: Kein Aber, danke.

Männer kennen nur zwei Arten zu lieben: die göttliche und die furchtbare, und sie verwickeln uns da hinein, wir können es uns aussuchen, und so läuft es für mich, am Ende, auf die furchtbare hinaus, wobei ich an die andere kaum zu denken wage.

Aber ich tu's!

Wie haben wir uns geliebt, Richard, geliebt und verstoßen im selben Moment, und das nicht nur hier, in diesem menschenwürdigen Schlafzimmer, nein, überall nahm ich dich auf mich, unter freiem Himmel, in Hotels, auf Booten, in einem Wohnmobil, bei Nachtdrehs, in den Pausen – während draußen die Assistentinnen vor Kälte gezittert haben in all ihrem Kriegszeug, haben wir gezittert in unserer Umarmung, ein schwankendes, zitterndes Ganzes, Richard: das ich vermisse, so sehr, jeden Tag, so daß ich es keinen Tag länger vermissen will!

Ich wollte dich auf mich nehmen, das war mein Leben, nicht der Film. Und dieses Leben ging zu Ende, als ich begriffen habe, daß es nicht mehr unseres war.

Seit jener Nacht vor der Preisverleihung nahm die kranke Dankbarkeit, die ich empfand, stetig ab. Nun ist sie verbraucht. Ich bin erlöst, von dir, von mir. Das war mein letzter Drehtag.

Ich gehe und fange neu an. Irgendwo, in der Enge eines Vorstadtbusses werd ich zum ersten Mal Publikum sein, in der Form meines Lebens, und niemand sieht's.

Und jetzt bin ich rein. Kein Mal auf der Stirn, Bess, kein Stigma ohne die Blicke darauf, das ist die ganze Antwort. Schau: Meine Augen sind schön. Und werden es bleiben. Denn sie erwidern die Blicke.

Die Blumen ... darf ich nicht vergessen. So, und das war's. Mehr ist nicht, Kamera aus. Und danke.

Danke.

Das ist Marie, die jetzt davonfährt, in ihrem schnellen Auto, ohne Brille. Und lachend übersteht, was kein Gemüt bewältigt.

Die Berührbare

Ein Nachwort

Großen Frauen sollte man sich sachte nähern, der Blick muß sich erst umgewöhnen (bei sogenannten Großen Männern wissen wir ja, was uns erwartet). Das gilt besonders, wenn sie einer so seltenen, fast schon ausgestorbenen Gattung wie der des deutschen Filmstars angehören: Schauspielerinnen sind, die mit ihrem Publikum älter werden.

1961 war Hannelore Elsner zum ersten Mal in einem Kinofilm zu sehen (»Das Mädchen mit den schmalen Hüften«); quer durch Berlin wurde gerade eine Mauer gezogen, und der Autor dieser Zeilen war dreizehn, ein Kind. Sie war immerhin schon neunzehn, noch auf der Schauspielschule, und hatte bereits zwei wichtige Menschen verloren: im Alter von sechs den Bruder, im Alter von acht den Vater. Die süße Kleine, die sie war, hat früh Bekanntschaft mit dem Tod gemacht, er hat sich in ihr eingenistet. Doch die Wunde, die er ihr beigebracht hat, war dieser Schauspielerin lange nicht anzusehen, weder auf der Leinwand noch auf dem Bildschirm; erst ein Menschenleben später – die

Mauer war inzwischen schon wieder gefallen – brach diese Wunde hervor. Im Frühjahr 2000 sah man Hannelore Elsner als »Die Unberührbare«, in der Rolle einer Schriftstellerin in den Zeiten der Wende, so einsam wie erfahrungssüchtig, verloren und liebend zugleich. Und in diesem Herbst, einundvierzig Jahre nach ihrem Debüt, erleben wir sie im Kino als Schauspielerin, die eine Schauspielerin spielt, ganz allein auf der Leinwand. Kein einfaches Projekt, wie man sich denken kann; und ohne Star geradezu undenkbar.

Bei den meisten unserer Filmvorhaben, ob für Kino oder Fernsehen, gilt ja der Kompromiß von vornherein als Idee und nimmt dem möglichen Star jeden Glanz – was bleibt, ist sein Name als Label, die Quote tritt anstelle des Mythos. Und warum dann, trotzdem, die Ausnahmen? Vielleicht weil es kleine Projekte mit großen Zielen gibt und den Traum vom Gelingen neben der Erfahrung des Scheiterns. Weil es Menschen gibt, die *beides* vereinen: schon böse erwacht sind und doch weiter träumen. Einer dieser Menschen ist Hannelore Elsner – zu sehen in der Hauptrolle von »Mein letzter Film«, zu sehen aber auch in allen Nebenrollen, was damit zu tun hat, daß außer einer Frau und neunzig Minuten nichts weiter gewünscht war. Von wem?

Im Frühjahr 2000 fragte mich ein TV-Produzent – Hubertus Meyer-Burckhardt –, ob ich mir vorstellen könne, ein Drehbuch zu schreiben für nur eine Person, weiblich, die den Bildschirm neunzig Minuten zur prime time ausfüllen sollte – Ende der Vorgabe (an Kino dachte noch keiner). Meine Antwort war ausweichend: Ich könnte mir das zwar vorstellen, hielte die Realisierung aber für abwegig. Zwei Wochen später erzählte er mir dann von sogenannten Video-Testamenten, die sich zunehmender Beliebtheit erfreuten, wenn auch nicht immer bei den Hinterbliebenen: Ob ich mir vorstellen könnte, daß die Heldin so ein Testament vor laufender Kamera macht, mit dem Unterschied, daß sie am Ende nicht tot ist . . .

Diesmal war meine Antwort ein klares Ja – das ich bereut habe, kaum hatte sich der Produzent zum nächsten Termin entfernt. Was für eine Frau sollte das sein? Ja, wie kann das überhaupt gutgehen, daß da ein Mann schreibt, was eine Frau empfindet und jemand aus Fleisch und Blut am Ende spielen soll? Und welche Frauen könnten mich diskret beraten? Zwei fielen mir auf Anhieb ein; mit der einen bin ich verheiratet, die andere ist eine langjährige Freundin, Hannelore Elsner.

Als ich ihr zum ersten Mal gegenüberstand, ganz unverhofft auf einem privaten Buchmesseempfang, traf mich ihr Gesicht wie ein Schlag, nur daß der Schlag nicht weh tat. »Jetzt ist, wenn es weh tut«, heißt es im Drehbuch, aber es könnte auch heißen: Jetzt ist, wenn dich ein Gesicht trifft. Hannelore Elsners Gesicht zwingt einen zum Hinsehen, das geht Frauen ebenso wie Männern. Und es ist nicht das gewisse Etwas, das einen zum Hinsehen zwingt, sondern das bestimmte Ganze; auf alten Fotos ist sie hübsch, nach und nach wurde sie schön, jemand, der die Verantwortung für sein Gesicht trägt – ein Eindruck, der sich im Laufe der Jahre mit Geschichten gefüllt hat; ohne diese Geschichten aus ihrem Mund wäre das Buch zu »Mein letzter Film« ärmer, obwohl keine einzige darin vorkommt. Ja, ich habe anfangs gar nicht an die Schauspielerin Elsner gedacht, nur an die Beraterin Hannelore. Denn es war auch zunächst eine ganz andere Rolle.

Nach dem ersten Treffen mit dem Produzenten begann ich bald mit einer ersten Fassung und entwickelte die Figur einer überspannten TV-Moderatorin (Beispiele gibt es ja reichlich), die sich in ihrem Penthouse eine Art privates Big-Brother-Labor eingerichtet hat, mit Kameras in jedem Raum. Außerdem gab es da noch eine zugelaufene Katze, mit der sie nicht klarkam (kommt ganz schlecht an im deutschen Fernsehen, wie ich gelernt habe, noch schlechter als eine Frau ohne Führerschein und Sex), und diese TV-Dame rechnete mit drei Männern ab, die sich auf Monitoren virtuell begegneten; dabei wurde sie immer wieder in Atem gehalten von all der Technik um sie herum, und auch der Autor verbrauchte große Teile seiner Energie für komplizierte Regieanweisungen.

Der Produzent erkannte nach der Lektüre zwar den Charme einiger Stellen, gab das Ganze aber doch mehr oder weniger verloren, sofern nicht etwas Gravierendes geschähe. Dieses Gespräch fand in Gegenwart meiner Frau statt; sie hatte von Anfang an produktive Zweifel geäußert, ob ein Mann für dieses Projekt – eine Frau allein mit sich – als Autor überhaupt in Frage komme und, was mich betraf, nicht eine Fehlbesetzung sei; der Druck kam also von zwei Seiten und brachte mich, vermutlich aus einer Art Panik heraus, auf die Idee, daß man die ganze Sache schlicht »Mein letzter Film« nennen könnte, und zwar der letzte Film einer Schauspielerin, die ein einziges Mal all das sagt, was sie immer in sich hineinfressen mußte, und genau damit den Höhepunkt ihrer inneren und äußeren Schönheit erreicht. Und erst in dem Moment stand fest, wer das spielen müßte, weil es keine andere gab, die es spielen könnte.

Hannelore Elsner ist bekanntlich sechzig geworden, und ich möchte gleich sagen, warum ich das hier aufwärme: Nicht, um den unvermeidlichen Nachsatz loszuwerden, wie gut sie dabei noch aussieht, sondern weil allein diese sechzig Jahre Leben (und das Aussehen) aus ihr die Frau gemacht haben, die jener fast ausgestorbenen Gattung des deutschen Filmstars wieder Leben einhaucht, mit einer Stärke, die eben nur das Leben verleiht und niemals die Quote. Und mit dieser Stärke hat sie sich auch am Ende in das Buch zu

»Mein letzter Film« eingeschaltet, ohne vom Autor überstimmt zu werden; sie mußte nur seine Blicke ertragen.

Nachdem das Problem der Darstellerin gelöst war (für mich; sie selbst wußte noch gar nichts davon), entstanden zwei weitere Fassungen, beide ohne eine einzige Regieanweisung, und jede trieb eine einfache Grundsituation voran: die populäre Schauspielerin, die genug hat vom Gefühleabliefern und Betrogenwerden und für den langjährigen Regisseur und Ehemann einen ganz privaten, letzten Film aufnimmt, beim Kofferpacken. Sie rechnet ab, aber nicht nur mit ihm, auch mit zwei anderen Männern, einem Politiker und einem Fußballtrainer, die sie in kritischer Zeit geliebt hat; und neben diesen Männern gibt es dann noch eine alte Freundin, mit der eine ebenso alte Rechnung offen ist.

Lange Zeit dachte ich, diese Freundin könnte auch gleich die Kamera machen, ohne je einzugreifen, nur durch die Bildführung; ich wollte ihr Zuhören als würdige Unterwerfung zeigen, ich wollte aber auch die formale Frage lösen: Wenn es in dem Film im Film keine starre Einstellung geben soll – was im Theater kein Problem wäre, denn es ist ja im Grunde ein Bühnentext –, muß jemand die Kamera führen, und warum dann nicht diese alte Freundin? Die Heldin wäre dann immer noch einsam, aber in anderer Spannung, und das Publikum würde schließlich begreifen, wer da hinter der Kamera steht, ohne je in Erscheinung zu treten, wie im richtigen Film.

Doch Hannelore Elsner war anderer Ansicht – erste Meinungsverschiedenheit –, sie wollte keine weitere Person, und ich gab nach. Später, als die Dreharbeiten in einer Berliner Wohnung beschlossene Sache waren, kam dann doch noch eine zweite Person ins Spiel, allerdings männlich, ein Vorschlag des Regisseurs: Die Filmheldin engagiert einen ihr fremden jungen Mann für die Kamera, und alle denken zunächst, sie holt sich einen Callboy; kein schlechter Kompromiß.

Aber bleiben wir bei den Meinungsverschiedenheiten, die ja immer auch Gefühlsverschiedenheiten sind. Ich habe daraus gelernt: Wer sich als Mann beruflich mit der Elsner auseinandersetzt, bekommt es nie allein mit der professionellen Schauspielerin zu tun, sondern immer auch mit der Frau, die gewissermaßen größer ist als ihr Beruf, die ihn sprengt: durch einen Mut, der gar nichts mit dem Beruf zu tun hat, der aus ihrem Privatleben stammt, aber entscheidend zu ihrer Autorität beiträgt.

Gemeint ist hier nicht Mannesmut – wieso auch –, gemeint ist der Mut zur Genauigkeit, bis hin zur Penetranz, und eine Bereitschaft, die eigene Schönheit aufs Spiel zu setzen. Hannelore Elsner gehört zu den ganz wenigen Menschen, die sich nicht an das Geschenk der Schönheit klammern, im Gegenteil: die es nach allen Seiten verschwenden, weil nicht Eitelkeit ihr tiefster Impuls ist, sondern Lieben und Geliebtwerden; schöne Frauen sind eben nicht automatisch erotische Frauen (auch wenn alle Männermagazine von jeher genau das verbreiten); vielleicht sind sie es sogar im seltensten Fall, weil sie eher darauf bedacht sind, ihre Schönheit mit nichts zu gefährden, ja sie wie ein Kapital anzulegen, bis sie am Ende zur Maske wird.

Spätestens seit ihrer Arbeit in dem Film »Die Unberührbare« verkörpert Hannelore Elsner genau das Entgegengesetzte: die schöne Frau, die sich verausgabt, jederzeit berührbar, und damit einen unverwüstlichen Glanz von innen errichtet, als autonomer Star.

Und so war sie eben nicht nur die ideale Besetzung für einen bestimmten Text – der hier als Buch vorliegt –, sondern selbst so nahe an dem Text, daß es zwangsläufig zu Reibungen kam.

Ein Drehbuch, das ist *eine* Sache – Sätze hinüberzuretten in einen Film, sie zu erhalten *und* auszudrücken, ist eine andere. Hannelore Elsners Art der Aneignung führte nicht etwa zu großen Änderungen, aber zu etlichen kleinen, zu einer Verschiebung der Tonlage. Aus meinem Imperfekt, der Haltung des Erzählers, hat sie meist ein Perfekt gemacht, mehr Abstand hergestellt (und in ihrem Spiel um so mehr Präsenz gezeigt); wenn bei mir etwas zu männlich endgültig klang, hat sie es sanft unterlaufen, mit einem *wahrscheinlich*, einem *vielleicht*; was ihr zu abstrakt erschien, durch zuviel Auslassung, hat sie konkretisiert, und das eine und andere, das ihr zu breit war, wurde gestrichen; sämtliche Striche (letztlich aus Zeitgründen, also einer Frage von Priorität) habe ich wieder aufgenommen in das Buch, der etwas andere Ton ist dagegen berücksichtigt; dazu zählt auch, daß die Heldin einen Namen hat, den sie ursprünglich nicht hatte, *Marie.*

Noch vor der letzten Fassung, nach zwei Jahren Schreiben, war diese Marie mir fremd, auch wenn ich ihr die Worte in den Mund gelegt habe; zum Leben erweckt haben sie andere. Es war meine Frau, die mir mehr als einmal klargemacht hat, daß die Talsohle der Heldin noch nicht erreicht war (und nur zu erreichen wäre, wenn es für mich selbst schmerzhaft wird), und es war Hannelore Elsner, die sich in den Abgründen schließlich bewegte, ohne darin unterzugehen, scheinbar traumhaft sicher, in Wahrheit auf schmalstem Grat. Sie hat als Schauspielerin nicht nur ihr Gesicht gezeigt, sondern auch den Kopf hingehalten: indem sie ihn benützte – zum Vorteil eines Films, den Oliver Hirschbiegel als großes und zugleich intimes Kino inszeniert hat, mit dem Star auf Augenhöhe. »Mein letzter Film«, das ist für mich ein *one woman action movie*, das eine kühne Vertreterin des Fernsehens, Gabriela Sperl, nun auch zunächst ins Kino bringt und dann – tatsächlich zur prime time – in die ARD.

Ich habe die Elsner in der Rolle der Marie zuerst auf dem Bildschirm erlebt, im Kreis von Familie und

Freunden, ich konnte nicht widerstehen, die Kassette einzulegen, und trotzdem war es ein Stück Kino, bei dem man alles andere vergißt (selbst, daß man das Buch geschrieben hat), ganz im Bann der Schauspielerin, die ein letztes Mal vor die Kamera tritt, spielt und zugleich aufhört damit, am Schluß in einem Akt der Euphorie (während einer Autofahrt, die auch nicht im Buch steht), einer Selbsttäuschung sehenden Auges.

Ich hasse Paare, erlaubte sich Hannelore Elsner an einer Stelle hinzuzufügen, doch mit solch versteckter Verzweiflung, daß die Sehnsucht, irgendwann wieder Teil eines Paares zu sein, nicht auf der Strecke blieb. Und genau darin liegt ihre Kunst, für die ich sie verehre: keine tiefer liegende Wahrheit um eines Effekts wegen zu kurz kommen zu lassen. Sein Gesicht im Film zu zeigen ist ja an sich schon riskant; in einem Einpersonenfilm ist das Risiko um so größer, und wenn es dabei, letztlich, ums Älterwerden, um verflossenes Leben geht, muß eine Schauspielerin alles in die Waagschale werfen.

Die Tragik des Älterwerdens liegt bekanntlich auch darin, daß man immer mehr Liebgewonnenes aufgibt, ohne es zu merken; Hannelore Elsner aber ist eine Frau, an der nichts vorbeigeht, das sie betrifft, im Leben wie im Beruf. Sie kann leiden wie ein Tier, aber vermag auch vor Glück zu strotzen. In »Mein letzter Film« hat sie beides gezeigt; und alles dazwischen.

(Bodo Kirchhoff, September 2002)

Pressestimmen zu Bodo Kirchhoff, *Parlando*

»Ein Meisterwerk der Erzählkunst, eine anrührende Sohn-Vater-Geschichte, so packend, so spannend, so elegant geschrieben, wie man eine noch nicht gelesen hat. Seit Javier Marias' ›Mein Herz so weiß‹ hat keiner so suggestiv über die Schuld und Unschuld tödlicher Leidenschaften geschrieben.« *Deutschlandfunk*

»Ein fulminantes Buch.« *Die Welt*

»So souverän, so vielschichtig und noch im geringsten Detail anschaulich, so konsequent und komplex und gleichzeitig so leicht hat Bodo Kirchhoff bislang nie erzählt. Und das weiche Wort ›Parlando‹, das dieses Erzählen zutreffend charakterisiert, wurde mit Recht zum Titel, weil es nicht nur den übers ganze Buch hin verführerisch süffigen Stil meint, sondern auch die Methode der Erkenntnisgewinnung beschreibt: als Ziel und Produkt der erzählerischen Phantasie, die den Leser hineinzieht in die schöne Odyssee einer obsessiven Lebensbewältigung.« *Frankfurter Allgemeine Zeitung*

»*Parlando* dürfte Kirchhoffs persönlichster Roman sein.« *Frankfurter Rundschau*

»Bin ich ein großer Roman? Ja, möchte man antworten, du bist alles in allem schon ein großer Roman, übrigens auch ein bedeutsamer, denn du markierst die Schnittstelle zwischen dem Ende einer artifiziell übersteuerten deutschen Literatur der achtziger und neunziger Jahre und einem noch undeutlichen Neubeginn.« *Die Zeit*

»Ein Triumph des Erzählens und der Liebe. Kirchhoff hat in Faller einen würdigen Nachfolger für Max Frischs Stiller geschaffen, dessen Glücksanspruch zum offenen Ende hin einlösbar scheint.« *Hamburger Abendblatt*

»Ein grandios vielstimmiger Roman.« *Brigitte*

»Kirchhoffs großer Roman wirkt wie ein über lange Zeit gewachsenes und zugleich durchdachtes, mit viel Kalkül zusammengestelltes Werk, keines jener im kurzatmigen Rhythmus auf den Markt geworfenen gedankenlosen Bücher, die nach dem ersten Lesen so geheimnislos sind, daß man sie kein zweites Mal in die Hand nehmen möchte. Vor allem ist *Parlando* ein großartig und verschwenderisch erzähltes Werk: Ein Generationendrama, ein Reisebuch und ein Lebensbild.« *Berliner Zeitung*

»Ein Meisterstück, ein Sprachkunstwerk in hoch stilisiertem Plauderton. Die Spannung resultiert aus dem Fluß der Sätze, die von Schilderung und Handlung ohne Anführungszeichen in wörtliche Rede und Dialoge übergehen, zurück schwenken, fallen gelassene Fäden wieder aufgreifen, verknüpfen und zu neuen Knoten schürzen. Das ergibt einen schier unwiderstehlichen Sog. Ein Roman, den man nicht nur mit hoher Aufmerksamkeit liest, sondern von dem man selber gleichsam auch gelesen wird. Grandios.« *Nürnberger Nachrichten*

»Ein fabelhafter Erzähler... ein großartiger Schriftsteller... eine grandiose Episode nach der anderen!«
Marcel Reich-Ranicki im *Literarischen Quartett*

»Kirchhoff ist ein verblüffender Erzähler von magischer Kraft... Wer eine solche Szene wie das Tiervarieté mit den beiden Pelikanen in Moskau beschreiben kann, der hat sich für die Literatur legitimiert.«
Hellmuth Karasek im *Literarischen Quartett*

»Kirchhoff übertrifft sein letztes großes Buch ›Infanta‹ mit dem neuen Roman literarisch um einige Längen.«
Literaturen

Parlando
Roman
ISBN 3-627-00084-6
Frankfurter Verlagsanstalt
In jeder Buchhandlung